共に明るい

井戸川射子

Iko Idogawa

講談社

目次

共に明るい

共に明るい

冷え、結露する、ドリンクホルダーに入れられた誰かの、ペットボトルの水が揺れる。朝の光が空低くから、溢れて溢れてそれで出てきたように顔を出す。バスは車庫センターから始発で出発し、新神戸駅の停留所で停車してからは長いトンネルが続く。それで山を登り平地になって二十分ほどすれば、やっと次の停留所が現れる。座席は通路を挟み二列ずつ、路線バスっぽくない、小学校の遠足のバスみたい、補助席もついてと初めて乗った誰かが思った。

座席のすみずみまでとはいかないが、くい込むように陽が当たりみんな、何て明るい。始発からの乗客は両手に収まるくらいの人数で、座席が倒せるよう、他の人の息のかからぬよう、ばらけて座っている。新神戸駅の停留所は乗車専用だが、誰も乗ってはこなかった。朝早く、新幹線から降りてこんな山の何もない方へ行く人もいないのか、と誰かは思った、座席の模様、色とりどりの四角が重ねられたのを、目が暇なので眺めた。

「長いトンネルはできるだけ早く、地震が起こらないうちに抜けてほしい」

　バスにいる全員に向けたような言い方だった、マスクがあるから、後ろ三列にクリアには聞こえないくらいの声だ。体内に虫がいたことに今気づいたかのような驚きが、蒸気のようにバスの中に現れた。前から三列目に座っていた女が、中央の通路に立って話している。走行中立つのね、やめてください、と運転手がマイクで注意した。女は素直に従い、もとの席に座った。唾が気管にでも入ったのか、強い咳き込みが女の体を弾いた。トンネルは確かに怖い、分からなくもない、と誰かは阪神・淡路大震災を思い出し、小さく頷く。

　女は目の覚めるような青いポロシャツに、黒いジャージの下を穿き、ジムの受付から今抜け出してきたかのような服装だ。重さを自覚してしまったみたいに、力なく腕を垂らしている。よく乗る人なのか、だから運転手もあまり強くは言わないのか、慣れているのかと誰か思った、この路線を使う人はいつもこんな、演説を聞いて喉が狭まるような思いをしているのだろうか。バスの手すりの棒に貼られた病院の広告のシールが、剝がれて裏側を向き用途を忘れている。

「このバスって、終点近くに教師用の県立の、研修所があるみたいで、研修がある日だと、一年目の、教師になりたての人たちでいっぱいになるんです、座れない人がいるくらい。そこまでは一時間以上かかるでしょう、交代で座りましょうよ、順番を回して、って言ってもどこからも答えはなかった。でも道中、何人かは立ち上がって、立っている人に席を譲ってました。教師って、中には本当に、誰かの助けになりたいって人が混ざってるのね」

　女は声の調子を摑んだのか、座ったままで、通路に顔を出し後ろを向いて言う。天井部の軽いプラスチックが鳴る、空気が音を立てる、声の届けにくい場所だ。窓ガラスに座席が反射し倍になって見える。トンネルの端には何か大きなものが置き去りにされている。女の座席の近くから、唾飛ぶやろ、こんなところで、と注意の声が聞こえる。同乗者たちの目配せがある、前の方の座席の人は、中腰になり後ろを振り返る。若者はイヤホンをつける。

「でも、マスク二重にしてるんです。バス停もまだだし、窓から飛び降りるわけにいかないですもん」

女は言い、それでも一応自分の手のひらで覆い三重目を作る。バスは無事にトンネルを抜ける。注意した人は諦めたように席を立ち、遠くの方に移動する。自分は観客でないと示すように、目を瞑りうつむく人もいる。窓から飛び降りる、の言葉でバス内は少し緊張したが、みんなできるだけ、知らない振りをしようと試みる。誰かは車を運転している時、自転車が当たってきたことがあるので、体は紐のように軽く飛ぶことを知っていてそれを思い出す。

道は混んでいて、バスはたびたび止まった。窓越しに外の人を眺めると、子どもの方が、素早くこちらに気づいて目が合うな、と誰かは思った。女はさっきの位置で立ち、走り始めれば着席した。話し出すのには、思い切りがいるようだった。カーブする道路をバスが曲がれば、厚く固い折り目のついた虹色のカーテンが肌を吸うように、寄りかかるようにする、窓際の人は自分の肩を避けてそれを離す。

　通学路なのか、減速したスピードが続く。子どもたちがバスの傍を通る、さまざまな子どもたちだ。このくらいのスピードならと思うのか、女は立ち上がったままだ。運転手がマイクを撫でたような音が聞こえるが、声が続いて来るわけではない。運転席の背後に吊られた液晶画面で、運転手の姿は見えにくい。外には伸び縮みするように立つ、うねる山が流れる。

「息子が保育園に行き始めた時、そうね、秋ね。夏休みの工作展が、その近くの小学校であって、私今からつらい話をしますね。みんなで工作展に行ったんですって、保育時間中だから親は行かないですよ、昼で仕事してますから。小学校が招待してくれたから、先生が園児たちを連れていって。あの子、息子は楽しみにしていて、小学校なんてまだ入ったことはなかったから。午前中に行ったんでしょうね、私が職場でお弁当を食べてたら電話があって保育園の先生が、息子さんの手の指が欠けましたって。急いで病院に向かって、もう縫い合わせてもらった後だったけど、色や形はもちろん変わってて、片手の長い指三本、爪の半分辺りから。糸とかも、その時は見えていて。

あの子は小さな、それは折れてしまうだろう細い指で」

　言葉は息に遅れて出てくる、大きな息継ぎがくり返される、バスの中に満ちたものをみんな吸っている。対話を求めてくるわけでもなさそうで、それには何人かが安心する。進行方向右側には建物全体でケーキを模したケーキ屋があり、バカみたい、と誰か思った。おどかすように、道路に向けて木が前傾姿勢で立っている、繁茂する枝が突き出す。

「お医者さんは教室の、スチール製の引き戸を誰かが閉めて、それで挟まれたんでしょうって。肉が切れて、きっと裏返しみたいになってたんでしょう。先生たちが、保育園のみんなと小学生と一緒に床に這いつくばって、指の欠片三つ探して持ってきてくれたから、くっつけられたんですって、それがなかったら、形は全然戻らなかったって。でも私その時ありがとうとは絶対に言えなかった。あの子は工作展をしてる体育館から出て、教室のところに迷い込んで、広くて怖かったでしょう。休み時間で大人も近くにはいなくて、他のクラスの子も教室や廊下に入り乱れて歩き回ってたから、誰がそんなに強く、勢いよくドアを閉めたかは特定できないって。全学年で聞いてみたけど誰も手は挙げなかったたって。何か知らない、小学校の、校長先生がお菓子なんて持って家に来て。これから休み時間は、他のクラスに出入りはできないようにしましたって。引き戸全部取ればいいのに」

山を囲む湖が見えてくる、森と空が映ってるからか何だか、森より緑色の濃い湖面だ。女の尻が顔の横にきているような座席の人は、面した半身を緊張させている。女は自分の山のような腰回りを、形を確かめるように撫でている、手の甲は粉を吹いている。ずっと横にいた、赤紫色の軽自動車はもう見えない。誰かの目の前の窓には虫がいて、ためらいがちな震えを見せながら向こう側に張りついている。そのまま、自分の重さだけが原因で、という感じで落ちていく。外側で、どういう風を受けていたんだろうと誰かは思う、エアコンが休み休み風を吹かす。

「痛みが今どんな感覚なのかも説明できないような、言葉の使い道もまだ分かっていないような年で。きっと、その一回なくなった部分だけ、心臓みたいに脈打ってたんだと思います。私も帝王切開の後がそうだったもの」

空間を埋めるものは声しかないというように、女は話し続ける。窓際に座っている人は、日差しに疲れてくる、同じような忍耐がみんなを包む。ああ、また歯を食いしばってしまった、寝る時のマウスピースの意味もない、と誰かが思った。イヤホンをつけていても女の声は聞こえた。夏の青い田が、土地の境界を目立たせる、田の中に神社がある、細い木と竹が取り囲む、白い倉庫が目立つ、そういうのがいくつも出てくる。やけに立体的な雲が、空の前後を意識させる。

「目の下が少し赤く腫れているだけで大騒ぎするような、若い母親だったんですよ。こんなに後悔が伴うなら、それなら生み出すなんて、大変なことをしてしまった。でもあれから私はあの子をいつでも、悲しい思い出なんてない、こんないいもの初めて見たような目で、眺めようと思って。子どもって親に、見られていたいって、思うものでしょう？」

　どれだけこうやっても、考えは頭から出てはいかないのだと確かめるように、勢いよく頭を振っている。目の方に来てしまったちぢれる前髪を、後ろにやろうと手間取っている。もっと何か言いたそうにしている、決まりきって、慣れるほど反復している話題でもないのだろう。完全に言葉にしてしまえれば、もうこの人はこれを語らなくても良くなるのだろうか、と誰か思う。自分で踏み固めるべき場所だとでもいうように、女は時折小さく地団駄を踏みながら立っている。床は揺れ、せり上がるような動きをする。

「あの子はごっこ遊びが好きで、あんなことがあった後でも、よく先生の真似をしてました。これ以上悪いことだってきっと起こるだろうと、私は待ち構えながらその姿を眺めてた。爪は案外すぐに回復したけど指の腹は、色が境目で違うのが分かった。あの子も何だか隠すから、結局今どうなってるか、よくは分からないの。遠目からだと、少し歪んで膨らむ曲線なんです。でも、それはみんなそうか」

女は自身を励ますように頷く。誰かの携帯の着信音が鳴り、それは今時珍しい寂しげなメロディーだった、通話は始まらないまま鳴り終わった。次に何か聞こえてくるのを期待しているような静寂だ。寄り添ってくるカーテンは、もうそれぞれの肩と腕に馴染んでいる。

「あの時は眠ろうと横になると、痛む胸というのが筋肉の一部だと実感して、中央の、届かないところがリズムを持って凝り固まっていくのを、必死になだめながら寝ていました。だから私今でも、圧迫しながらでないと、うつ伏せでないと眠れないの。想像ばかり逞しくして、でもいつのどこに時が戻ったってこうなった気がしてきて。私の持っている指ではないんだから、私が執着するのも変なんですけど」

女は両腕を胸の前で強く組むと、涙がせき止められるようなのでそうしている、というように固く結んでいた。近くの座席の人が、真似して腕組みをしてみる、きっとうつ伏せ寝も、胸の痛みを紛らわしてくれるのだろう、重しをしていれば張り裂けないだろう。でもこれでは押し込めることにならないか、体の先から外へ、逃していくような動作はないか、とそのまま親身になり考えた。どう追い越し追いついたのか、あの赤紫色の軽自動車がまた横にいた。

「だから、助けられなかったあの子の指、挟まれた瞬間の顔、その日着ていた服、ドアの重みや勢い、そういうのを考えてしまうから、子どもを見るのは好きではないんです。子どもってあんまり何も持ってないから、人から奪い取ることばかり考えるし。じっと待つこともできないし。もしここに子どもがいたら、こんな厳しいことは言わないんだけど。みなさん大人だから」

誰かが自分の娘の叫びのような笑い声、長い棒の脚を思い浮かべる。女はふと、ポロシャツの裾に両手をかける、脱ぐのかと思ったがそこまではしなかった。見ていた人はその動作で、布一、二枚でしか覆われていないのだと気がついた、腹の傷でも見せるのかと思った。外から何か、木と木を打つような音が聞こえる、風で葉が枝から逃げようとする。女は座り、黙って横を向き窓の外を眺めている、肩幅の狭さが目立つ。

思うところでもあるのか、声を張り上げるのにもう疲れたのか、緊張したように黙っている。沈黙は次の爆発を呼ぶのだろうかとみんなが待ち構えている。細いカーブを通っているので運転手は真剣だ。人を支える座面は熱を持つ、もう座っていることにうんざりしてきた腰を、今それに気づいたように伸ばしたりひねったりする、みんなが息を適量吸い込む。乗ってくる人は少なく、降りていくばかりだ。

「行かなきゃ、今日は息子と会うんです。顔ばかりを、見るようにしなきゃ」

女は立ち上がり出口を目指す、バランスを取り内股気味に歩く、顔の出ている部分を撫で回している。段を降り涼しい空気が吸えたのか、ああ、と満足そうな息を短く出したのが運転手には聞こえた、その息に被せるように、他の乗客へのパフォーマンスになるような大きな声で、困りますよ、と声を掛けた。大きなイオン以外は何もない停留所だ、息子はそこで働いているのだろうか、食事でも一緒にするのだろうか、イオンはもう開いているか。何人かは息子の、見たこともない青年の、育った指を想像する、これからバスは、作りかけの大きな橋の土台の横を通り過ぎる。

野鳥園

何かが鳴り続けている、池の流れの音がある。野鳥園、その向こうに海が見えるベンチは冷たく、布が体を守っていることを感じる。マンションばかりがある埋立地だ、野鳥園の前を行き過ぎる人は、歩くか走るのに一生懸命、または釣りの格好をしている。公園は広さがあり通る人も少ないので、体も視線もぶつかり合わずにすれ違える。

「外の光で本を読むのってあんまり、良くないんじゃないかな」

見過ごせず思わずアドバイスしてしまったという口調で、隣のベンチから声が投げかけられる。いきなりの発言に少し驚く。

「今日みたいにずっと曇りなら大丈夫だろうけど、日光で読まない方がいいよ。私はそれで、目が悪くなっちゃったと思う」

「そうなの？」

心配してくれたならきちんと、と思い相槌を打つ、体をそちらに向けると、親身な様子で頷いている。

「結構太陽の明るさで読んじゃってる。でも日光に当たれば寝れるかなって。僕、一人部屋で、ベッドに入っても毎日全然眠れなくて。お母さんに聞いたらもっと外で陽に当たりなさいって。だから家でもよくベランダに出てて」

大丈夫かな目は、と急に心配になる。朝、薄明るくなってくると本当に嬉しい、明るければ怖くはないし、それで漫画も読める、でも、陽で読むと良くないのか。

「私は子どもの頃三段ベッドだったよ。頭の上が狭くて」

そうして閉じた本を見ると青い鳥文庫で、新書くらいでぶ厚いのか、幼い時にはよく読んだ、子どもには子ども特有の本の大きさがあるものだと思った。

「池の泳いでる、あれはきっと鴨だね」

彼らは遠くの鳥を眺める。野鳥園は山小屋のような木の壁一枚で、ベンチが並ぶコンクリート敷きの公園と、乾いた葉と茎が大きな池を囲む、野鳥のための草地が分けられている。埋立地の端なので、野鳥の広場はそのまま海に続く、岸には輸送コンテナが積み上げられているような海だ。高い木の壁はいろいろな目の高さに合わせた、大人の体はくぐれないくらいの穴が何箇所か開けてあり、そこからあちらの鳥の生活を望む。壁の両端には金網も立ち、入れないようになっている。その壁と公園側の小さな森で跳ね返って、鳴き声も四方からよく聞こえる。

「よく来るの？ここに」

「初めて来たの、赤ちゃん生んで疲れちゃって、夫のお母さんが来てるの、うちに泊まり込んでくれてるんだけど。気分転換に散歩でもしてきなさいって言われるから、今日はここまで来たの。昔なら買い物にでも行っただろうけど、買って飾るところもないし」

　赤ちゃんを生んで疲れる、というのがあまり聞いたことのない話だったので、曖昧に頷く。彼らのベンチの間には隙間があるので、海からの風が勢いよく吹き抜ける。

「餌をやらないでくださいとは、そんなにうるさく書いてないね。別にあげるものもないんだけど」

　野鳥園に飛来する鳥の説明のポスターが木の壁を覆う、写真は粗いが丁寧に作られている。冬鳥の箇所を見れば、どれも寒そうな空と鳥が写っている。雨が降ると渡り鳥がたまります、と標語のように書いてある。

「顔が緑のがいるから、マガモかコガモかな。茶色だけのはちょっと、種類があり過ぎて。僕はよく来るけど、鳥の種類なんて分かったことないよ」

　わざわざ立って解説を読み上げ、また座っていたベンチに戻る。

「よく来るんだね」

「家って、静か過ぎない？僕が声でも出さなきゃ、お父さんとお母さんは全然喋らないし。喋ることが、もうないみたいだし」

　家族三人で部屋にいても、テレビの引き伸ばされたような音が流れるだけ、透けない銀色のカーテンがはためくだけ。休日は出かけたりもするが、店でご飯を食べていると他の席の喋り合いの声が反響して、気持ち悪くもなってくる。黙々と、スピードを重視し素早く食べ終える。この子は、サッときれいに食べるよね、とお母さんなどはその手つきを指差し嬉しそうに話題にする。お父さんは常に少し不機嫌で疲れている、それで完成してしまっている。

「お父さんなんて僕と二人になると全然喋らない。話題が本当にないんだと思う。でも歳を取ってる方が何でも多く知ってるんだから、小学校のことでも友だちのことでも自分の思い出でも、話しかけてくれればいいのにね。僕には仕事の話なんて、どう聞き始めればいいのか全然分からないんだから」

「そう。夫は職場も遠いから、帰りも遅くて。その日の子どものかわいかった仕草も、教えられないうちに忘れちゃうの。すごく些細なことだから。あの、なかなか寝付けないのは、たぶんベッドに早くに入り過ぎなんだよ、まだ体は眠くないの」

同じ鳥同士で固まっている。鴨の何匹かは悠々と、橋でもない、何か仕切りの棒と平行になるよう進んでいく。胸を先頭に、水を切り開いていく。触ってみれば手を痛めるだろう荒々しい草は、弱い風ならびくともしない。

「楽器がいいんじゃないかな、家が静かなら。エレクトーンがいいよ、足の動きもあるから一生懸命で、周りのことなんか忘れちゃうんだから。それならドラムでもいいかもしれないけど、ピアノも足は使うけど。でもここら辺に住んでるならマンションだよね、埋立地って何で背の高いマンションばかりあるんだろう、土地は耐えられるのかな。ドラムは振動が下の階に迷惑かもね。エレクトーンって、ピアノの鍵盤が上下に分かれてて、右手が主に上鍵盤で左が下で。足で弾くペダル鍵盤もついてるんだけど、知らないかな、知らないよね。足の鍵盤の振動も、響くといえば響くんだけど。何曲か覚えて披露したら、それで親なんかはもう聞き飽きちゃうだろうけど」

　そう言い、確かに今足もとに鍵盤があるかのように小刻みに動かした。陽が照らないから、池の周りも明るまない、細かい落ち葉は風化も間近だ。

「振動は、僕の家は二階だけど、下の部屋は交流スペースだから大丈夫、パーティーしたい時とかに借りれるの。だからパーティーしてる人がいたら、ちょっと怒られるかもしれないけど」

　静まり返る二階の、食べられる植物ばかりが植わったプランターが並ぶベランダから、自分の部屋を覗くように思い浮かべる。エレクトーンはどのくらいの大きさだろう、リビングにしか入らないだろうか。横の足の動きにつられるように動かしてみる。

「パーティー中なら気が付かないよ。ヘッドホンかイヤホン、ヘッドホンの方がいいね、してたらもう大丈夫。周りの音は聞かなくていいの。弾く音だけが鳴り響くの、それは全部君の工夫しだいの音なの。私もエレクトーンだけは、重いけどそれだけは、ちゃんと実家から持って引っ越してきたの。いくらくらいなんだろう、今」

電波が、と言いながら携帯でエレクトーンを検索している。大きいし買い渋られたから、安かったはずはないんだけど、と画面が切り替わるのを待ち受けている。外なのでネットが繋がりにくいが、根気よく探してくれている。

「安いので二十万くらい。でも見て、中古のを、近くにいる人のを取りに行って譲ってもらうのなら二万円とかがある。隣の県だけど」

横から覗き、携帯の充電がもう少ない、と思いながら頷く。

「二万円ならいいね」

そこで池の方から、鳥の大きな声が聞こえる、二匹の鳥が争っている。彼らは立ち上がり、異なる高さの窓から眺める、壁にある写真と見比べる。

「カイツブリじゃない、なわばりで争うって書いてある」

「本当だ」

時間が少し経つが鳥たちは飛沫をあげ、戦うのを止めない。騒ぎを聞きつけたのか、池の側に首輪のない犬が近寄る。犬は何のエネルギーに支えられているのか、鳥の動きの周りで、前脚を踏ん張り吠えている。鳥たちは翼を広げる、吠える犬の顔に顔を近付けては引っ込める。声をもっと近くで聞きたいと、口の周りを楽しんでいるようにも見える。うろうろと、あちら側と繋がる部分を探すと、脆弱な緑の金網の扉が、そこだけは網が低くなっているのが見える。窪みに足を掛けて登り飛び越える、少し傾斜がついた地面なので足が弾む、どれも、葉は乾いている。

「入らないようにって書いてあるよ」

「そうだね、でも私の方が体が大きいんだし。止められるかも」

犬の方は鳥に触れんばかりだ。鳥同士のぶつかり合いはピークを迎えているように見える。広場になった枯れた芝生は、動きがあるたび破片が舞い、犬の足を追いかけるように跳ねる。見ていたのを同じように真似して、金網の扉を乗り越えて争いの近くまで行く。鳥たちの、互いを模写するような動きが続く。彼らにできることは少ない、石を近くに投げてみるが何の効果も生まない。犬の歯と鳥の尖ったくちばしに注意しながら大声を出してみたりする。動物は触らない方がいい、病気が互いにうつるかもしれない、とどちらもが思っている。何かに役に立つだろうと、落ちている長い枝を拾う、傷付き丸まった葉がついている。

「鳥が水の、もっと池の中に入れば犬は行けないだろうに」

　そちらに誘導しようと、池の端を枝で叩いて音を出す。ここ、こっち、と彼らは声を合わせる。鳥たちは気付いたのか、その動きの方に目を向ける。片方が足を庇いながらバランス悪く飛び上がる。まだ翼で相手を叩いている、演奏には向かない手足だ、打ち身や羽根の抜け落ちなどがあるだろう。鳥の、互いに背き合うほど離れた目がよく見える、押し合う、吹く風にもたれかかるように倒れ込む、頭の色は光の角度による。鳥たちは何か妥協があったのか叩き合いを止めて分かれ、潜水して別々に進んでいく。犬はしばし呆然としている、彼らは池を叩くのを止めて犬を見守る。小さな犬だ、片方が噛みつかれても片方が枝で何とかできるだろう。犬はしかし騒ぐことなく、どうせ道は山小屋みたいな壁か海か森の、どれかに続くしかないと分かっているように、小さな森の方へ駆け足で行ってしまった。残された彼らはしばし立ち尽くし、足に優しい落ち葉を感じる。糞か木の実が落ちている、風のいいにおいがする。

「自分の目の前では、悲しいことが起こってほしくないっていうのがあるよね」

持っていて、もういらなくなった枝を力なく捨てる。近くから見ているので、少しくびれのある形の池だとここで分かる。

「早くベンチに戻ろう。入ったら怒られるんだって」

犬による地面の踏み荒らし、掘り起こしをならす。前後ろに並び道筋のない、膨らむ地面を足が叩く。

「地面が斜めで、急斜面で、車酔いみたいになってきちゃう。ジェットコースターとかも本当に嫌いなの。大学生の時は我慢して友だちと乗ってたけど、足を踏ん張れるだけ踏ん張ってたけど。ここは、晴れれば池も光るんだろうね」

「光るよ」

急ぎながらも楽そうな道を選ぶ、岩の連なる方を、わざと安定せず歩く。こちらから木の壁を見ると、意外と汚れていることに気付く。軽いものは全て動いているような場所だ、太い草も近くで見ればこんなに揺れていたのだ。風は確かに前に進んでいく、後退する。細かい砂を噴き上げながら金網に足を掛け、片方のジャンプを助ける。それぞれがさっきのベンチに着席する。

「私はでも良かった、生んで分かった。あんなに親に、何かしてもらうたびにお礼なんて言わなくても良かった。あっちだって、生んで育ててみたかったから生んだだけなんだから、あんなに私が気を遣う必要はなかった」

何かを慰めているのか分からないほど、独り言の調子だ。池には新しく鳥が来て、腕でも背中でも大きく使っている。

「旦那さんのお母さんと暮らしてるんだったら、気を遣いそうだね」

「そうだね、でも自分の親にこうなってること言ったら、いい知らせだけ持ってくればいいのにって怒られそうだから」

綿毛の種子が飛んでいる、その軽い着地がある。

「エレクトーン買ってもらう、あの二万円のにする」

新しく家に買う大きなものに、自分が何か決定権を持っているような言い方になってしまった、というようなことを思いながら続ける。

「ピアノ少しやってたことあるから、できると思う。もし会ったらまたエレクトーンのこと教えてくれる？」

さっきの枝で切れてしまった指の腹を眺めながら、これは子どもを沐浴させる時、その肌と擦れて痛むだろうと予想する。細くて心もとない指だ、よく何か押さえたり、引っ張り上げたりできるものだ。傷を他の指で撫でつつ、言いにくそうに答える。

「私ね、二度目に会った人と話す、っていうのがあんまり上手くできないの、恐怖なの。初対面ならこうやって、自分の精一杯を使って愛想良く喋って仲良くできて。でも次会った時に、その楽しかった一回目を超えられたことがないの。夫とかお母さんとか、毎日会わなきゃいけない人なら仕方ないんだけど。動物とかなら、そうでもないんだけど」

「じゃあ次見た時は話しかけない方がいい？」

「話しかけない方がいいと思う、がっかりすると思う。今日より良くはないと思う」

今その聞いている顔を見るのに耐えきれず、励ますように言葉を続ける。

「でもエレクトーンの、いらない楽譜はあげられるかも、またここに寄る時には持ってくる。私も楽譜の整理でもして、また久しぶりに弾いてみよう。エレクトーンを弾くって発想が最近なかった。子どもと二人きりになったら、泣き声が聞こえなくなるからヘッドホンは無理だけど、夫やお母さんがいる時にはつけよう」

焦ったように話すのを、慰めるように答える。

「それは分かるよ、僕もそういう時あるよ。下の名前で呼んで、次もそう呼んでもいいのか分からなくて、結局名字で呼ぶのに戻っちゃうような時でしょ」

頷く顎に風が当たる、ごめんね、と謝る、最も弱い言い方となる。理解を表すよう頷き、上手に目を逸らす。残念だ、でも埋立地で海には広く面しているから、ベンチはどこにでもある。この人が座っていればそこは避けよう、と夏には熱い鉄板のようになるいろいろなベンチを思い浮かべる。

「ごめんね、ちょうどいい言葉がすぐに出なくて。でも産後はそうなりがちなんだって。まだ分からない赤ちゃんに、夫に、言葉を尽くして説明するっていう場面もないんだし」

ちゃんと伝わり合ってるように思うけど、と考えながら、公園の大きな、大人一人でも抱えきれないような文字盤の時計を眺める。大きい時計は、秒針が進むのが速い。

「体が痛いのがダメだね、産後は、夜泣きがまだひどくて。でも夜で寝ずに泣かずに、暗くて静かで、天井を眺めてる時なんかは、あれは子どもは何を考えてるんだろうね。考えることなんてまだないだろうに」

　そんなに昔のことは覚えていないので、ヒントになることも言えない。でも自分が生まれた時からあのマンションには住んでいたから、今より静かか賑やかだったあの部屋の天井を、自分も意味なく眺めたりしていたのだろう。恥ずかしかったことの思い出しも、自分の頭での漫画の再現もまだないなら本当に、何を考えていたのだろう。境界となる木の壁と金網は、軽いから風ですぐ鳴る。彼らが二度目に出会えた時にはきちんと、エレクトーンの楽譜が手から手へと差し出される。端の擦り切れていない、手垢のついていないようなのを選んで持ってくる、受け取る。彼らは来たい時があればそれぞれ来る、どちらかがあのベンチに座っている、目が合えば手だけ振り合う。肩でも叩きに行きたいが、嫌な思いをするかもしれないので慎む。エレクトーンは中古のを、お父さんが大きな車を借りて、隣の県まで引き取りに行ってくれた。それは頼りになった。ヘッドホンをつければ、他のものの位置や環境は関係なく、耳の中を震わせ届く。家に帰れば彼らは、下の階に響くかもしれないことだけを気にしながら、手と足を一生懸命に使い鍵盤を叩く、耳は自分以外を忘れる。

素晴らしく幸福で豊かな

　棚に飾られたペアの人形が満足しているような顔でいて、私も真似して笑ってみる。軌志《きし》の家は初めてで、出会って一ヵ月でようやく来られて嬉しい。二階の和室は煮詰めたような色の畳が広がっていて、押入れが視界に入らない角度を向き座り直す。携帯を撫でマッチングアプリを開く、毎日チェックしているけど軌志はまだ退会してくれていない。自己紹介文には、はじめまして！保育士してます！旅行とレオパ大好きと書かれてあり、そのレオパを肩にのせた軌志の写真がまだある。私は軌志との初めてのデートの後にアプリはやめたのに、電話で声を聞いた時から好きだったのに。こうしてアプリを入れ直して、写真も若い時のぼんやりしたのを、ありきたりな偽名の下にアップして、見張っていなければならない。レオパはレオパードゲッコーの略でヤモリの仲間なのね、トカゲじゃないのにまぶたがあるの。いろんな色のがいるけど基本レオパード、豹柄で、尻尾が太くてそこに栄養が詰まってる。ブリーダーになろうと思ってて、育てて繁殖させて、品種とか色によっては二十万とか。俺保育士してるって言ったじゃん、教育系はやりがいが、初めから用意されてるんだけどさ。副業にするには、売るのに資格みたいなのいるんだけどね。向いてると思うんだよね、育てることは、まだ二匹しかいないけど。爬虫類イベントで買った雄と雌、雌同士なら同じケースで暮らせるんだって、犬ぐらい生きるよ。初めて会ったファミレスでドリンクバーに時々立つ以外、軌志はそうやって喋り続けた。私は恥じらいをどう出すか迷い、ドリンクバーにはなかなか行けなかった。個別のケースに入れられて、レオパたちは顔を上げている。軌志の家は古く、砂壁は湿気を中に蓄えるよう。おじいさんが死んで父親がそっちの家に住むことになったから、軌志がここに一人で暮らしている。母親はそのずっと前に出ていってしまったらしい。下の階に台所も寝室もリビングもあり繋がっているので、寝ていても油のにおいがするんだろう。レオパの餌になるゴキブリたちは一つの大きな水槽に入り、集まって音を出していた。家に上がった時は玄関の靴箱の上にそれが置いてあって、遠目だと黒い土がうねっているように見えた。この中から口に入るサイズのを選んで、あげるらしい。ネットで十匹買ったらもう無限に増える、レオパ用のゲル状の餌も売ってるけど千円くらいするんだよ、バカらしいよねと軌志は言った。見えないようにしてほしいとお願いすると布で覆って、じゃあ来てる間は押入れに入れとく、と移動させてくれた。今、耳を澄ますとそちらの方から動く気配が響いてくるので、耳の穴に指をねじ込んだ。そうすると中指のサイズがちょうど良く、地鳴りのような音がする。夕方の窓からは山並みが横たわり、尖りや丸みがシルエットで見える。横にはヒゲ剃りを終えて階段を上がってきた軌志の薄いまぶた、目の下の影、肩から二の腕にかけての、筋肉の少ないなだらかな丘陵がある。レオパのケースには底にキッチンペーパーが敷いてあり、それを固定させるように水の皿が置かれるだけなので家とは呼べず、見るべきものもない気がする。雌、雄と区別するためにケースにシールが貼ってある。カタカナでメスだと何か下品だから、と軌志は言うけど、印刷された雌雄の漢字は似ていて、続けて何往復かすると分からなくなった。字が印刷できるシール懐かしいね、うちにもあった、と言うと軌志は、テプラね、母さんが置いてった中で一番使ってる物かも、俺自分の字が嫌いだからと答えた。色や柄の違いで値段が変わるんだよ。まずこの種類で交尾してもらって、増やす練習しようと思って。掛け合わせて、いつかレアなのが生まれたらいいよね、高くなる、と軌志が言う。触ってみる？と聞かれ、目が温厚そうな方に手を伸ばした。軌志に引き上げられ私の手にのせられた体は表面を払うように、足などの突き出た部分を動かした。胴に繋がる胸を柔らかく握る。ケースに顔を近付け、こういうの飼ってたイトコは、水槽の中に洞窟みたいなの作ってたよ、植木鉢割ったりして、人工芝置いてと言うと、あー、と軌志が顔を寄せ、同じケースを覗き込む。ケースがもしガラスなら、二人が表面に大写しになるんだろう。暗くするためでしょ？物が入ってると掃除めんどくさいよな。こうやってキッチンペーパーだけだとフンごと捨てるだけでいいし。でもまあ、百均でも行って探してみる？とこちらを向くので、デートだと思いながら準備する。公園を通りかかると一本の紅葉した木に、陽が当たり光を戴く。野球部の帽子を被った男の子が、後ろにもカゴをつけた自転車に重い荷物を入れて、ゆっくりその下を漕いでいる。メジャーではない感じの近所の百均に着き、軌志は買い物カゴの取っ手を腕に通す。この百均の横のペットショップで、レオパのケースとか買ったんだよと言う。レジの近くに、金色に光る招き猫が並んでいる。白目の部分は赤く塗られ、抱いてる小判は体と同じ色なので境目も分からない。持ってみると軽く、後ろ側はえぐり取られる形で空洞だった。洞窟だ、と思って軌志のところへ持っていく。植木鉢割らなくても、これならもう家みたいになってるよ、後ろ空いてるからと差し出す。本当だ、何用の招き猫？どうせ正面しか見えないから、経費削減のために後ろは空洞なのかな、と点検した後、家にできるけど植木鉢より曇って汚れが目立ちそうだし、デコボコしてるから拭きにくい、と私の手に返す。瞬時に適切な判断ができる人だ、と私は感動し、私が買うし掃除するから一つこれにしよう、どっちかのケースに置こう、とレジに持っていった。百円の割に高級感のあるマニキュアが並んでいたのでそれも買った。帰りの紅葉は、光の加減でもうきれいでなくなっていた。帰ってご飯を作り食べた後、招き猫を雌の近くに置いた。結局ケースの中の飾りはそれだけだった。立って、テレビに映る旅番組の鍋を眺めながら、俺フグって食ったことない、と軌志が言った。うちは結構冬に、お父さんが買ってきた、と私は答えた。さっき買ったマニキュアここで塗ってもいい?と聞くと、いいよ、マニキュアのにおい好き、と答えるので私はキャップを開けて、注意深く筆を瓶の口でしごく。塗った分ずつ指先は重くなる。ドライヤーの冷風で早く乾くって言うよ、軌志は洗面所からドライヤーを持ってきて風を送ってくれる。一緒にじっと手指を見ている。誰かがこれしてたんだよな、母さんかな、と言いながら真剣に当ててくれた、すぐ乾いたような気もした。小さい頃はこまめに爪の上に水滴をのせて、輝かせて嬉しがっていた。手首だけ固定し、踊るように動かして爪に光を反射させていると、軌志がこっちに覆い被さり座椅子の骨が鳴る。口と口の中を混ぜる音がする、頬骨から首筋にかけて、顔の角度を変えながらキスしていく、髪を少し引っ張る。手のひらが湿っているので、撫でると肌のどの部分でも吸い付く、肩にライトが照っている。終われば座椅子のすぐ後ろに布団を、落ちている小さな物は気にせずに敷き、寝ると背中は覆われた物の輪郭を捉える。湿りを吸い込む毛布を二人で蹴り上げる。体ごと横を向くと、胸が強調されるのでそうする、軌志が谷間に手を差し入れてきてそれで寝る。

昼休みは三時間もあって、まず美乃梨《みのり》ちゃんと、持ってきたお弁当を食べる。私たち二人はいつも診療室横の小部屋で食べている。美乃梨ちゃんが来ていない時は一人で食べる、ここなら誰にも見られていないので、沈黙も怖くない。席はカウンターみたいになっていて横並びなので、食べる口もとも気にならない。執志の家に行った話をすると、それはおめですね、と美乃梨ちゃんは言ってくれる。美乃梨ちゃんの口癖の、おめです、はおめでとうございますの略で、おめでとうの祝いの響きは、とう、と伸ばす部分にあるんだと再確認させられる。お弁当いつもカラフルで美味しそう、と私は美乃梨ちゃんの手もとを指差す。今ペスカタリアンなんすよ美乃梨、彼氏に合わせてたらそうなっちゃったんですけど。ペスカタリアンって知らないですよね。ベジタリアンの、魚は食べていいバージョンていうか、魚は痛覚ないんで。ベジタリアンだって牛乳と卵は食べるんですけど。それも食べないのは何だっけ、何て言うんだっけな、まあそういうのもあります。牛乳だって雌牛に無理させて搾ってますからね、乳牛なのに、自分の子どもに乳をやることもあんまりないですから、どこまで許すかですよね。思うんですけど、肉食で得たいものってジューシーさだけなんですよ。たんぱく質だったら大豆とプロテインでいいし。それで、ジューシーさだってこの、と箸で野菜をつまみ上げる。なすとかズッキーニ、オリーブオイルとハーブ塩とかタレで和えてから焼けば充分満足なんですよね。あと小さい頃からの肉食で得られるのは、きっぱりした線引き？それはそれこれはこれ、っていう思考の練習、みたいな。これは彼氏が言ってたことの受け売りなんで、今あんまり上手く説明できなかったんですけど、と美乃梨ちゃんは笑った。ズッキーニ食べます？と差し出され、青のりと粉チーズを絡めた鶏胸肉の上に置かれた。私は小さな鏡を取り出し、口もとに何かついていないか何度も見ながら食べた。中学の頃はトイレの鏡をふと見た時に、こんなバランスをした顔で、膨れた髪で、さっきまで喋っていたなんてと驚いた。好きな子に流し目さえ送っていたのに。そこからはいつも鏡を目に入れぬよう、手ばかりを見て洗っていた。家の暗い台所の、電子レンジの扉に映すのは好きだった。黒い薄曇りの窓なら、ホクロもへこみも全部消えた。頬の膨らみが嫌だったから、写真では口の中の肉を嚙んで笑った。もらったズッキーニは熱でごまかされることなく、ちゃんと土の味がする。あと五分で電気消しまーす、の声がクリニック内に響き、急いで食べ終える。午前と午後の間、休診中の三時間が昼休みなので、みんな手早く昼ご飯を済ませて横になる。近くに住んでいる主婦の人とかは一旦帰ったりするけど、残りの五人くらいは院内にある診療ベッドとか、待ち合いのベンチは寝転がれる用に大きいのが設置されているから、そこで仮眠を取る。長く勤めている人から順に寝る場所を取っていくので、先月入った子は機械の上で寝ていたりする。整形外科なので機械は大きなリハビリ室に、いろんな部位の痛さを和らげるのが列で並んでいる。起動すると下の細いローラーが動き出す機械は、寝やすいので人気がある。その部屋に窓はなく、待合室からのぼやけた明かりだけが届くので、寝ていると自分も機械の静けさだ。私は働いて三年になるので、もうそこで寝なくてもいい。院長が嫌なおじさんだからどんどん辞めていくこのクリニックでは古株なので、今は診療室で寝られる。部屋は小さいけどベッドはすき間を開けて二台置かれているので、美乃梨ちゃんと並んで、制服のスカートの下にジャージを穿いて眠る。寝転ぶ前に立ち上がってアキレス腱を伸ばす。アキレス腱は切れると二度と戻らないし、脚の太さが倍になるんだよ、と昔からお母さんは言っていて、だから私たちは常に気を付けていた。よく一緒に行ったスーパーの入り口でも、必ず並んで伸ばしてからエスカレーターに乗った。音がしたので起きてしまい、目を開くと院長が、美乃梨ちゃんの寝ているベッドに覆い被さるようにして寝顔を覗き込んでいる。かがむから突き出た尻が私の顔のすぐそばにある。院長は後ろ姿なので表情は見えず、手は後ろで組んでいるので触ったりはしていないのだろう。薄暗がりの中見上げるが、私の方は向きそうにない。美乃梨ちゃんはおそらく寝たままで、幅の狭いベッドなので腕は胸の上にコンパクトに折りたたまれている。差す陽光で埃が舞っていて、実家ではいつも、窓の近くではこれくらい埃が見えていた。院長は動かず、この部屋で私だけ誰からも見つめられていない。私は寝たふりのまま、横向きの体を仰向けにするよう寝返りをうつ、力を抜いて顎を上に向けると口は自然に開く。鼻から吸ってそのまま息と共に、あー、と声を出す。脱力したままだとこんなに低い声かと思いながら、院長がこちらを振り返り、部屋から出ていったであろう足音を聞く。私は薄く目を開け、もういないことを確認する。顔だけ横を向き美乃梨ちゃんの寝顔、立っている時より平たくなっているのを眺めて微笑む。軌志にこの前、毎回寝入りばなに奥歯を噛んで鳴らすよね、その後あーって大き目の声で叫ぶ時ある、マウスピースとかしたらいいかも、とアドバイスされた。恥ずかしかったけど、今役に立って良かった。私に新しい方を譲ってくれているから、美乃梨ちゃんの寝るベッドは汚れていて張りもない。

　階段に置かれた物を踏まないよう、上手に体を斜めにして上がった。写真立てが転がりそうになったので立て直して眺める。振り返った軌志が、それは母さんと俺、と説明してくれる。和室で軌志の横に座り、スカートからちょうど良く脚が見えるように調整する。レオパのケースが四つになっている。前もいた二匹のとなりに、雌は二匹で一つ、雄は一匹で一つのケースに入っていて三匹増えている。それぞれの性別と年齢が、貼られたシールで分かる。私が入れた招き猫は消えている。またレオパ買っちゃった、と軌志がケースを撫でる。猫がなくなってる、と言うとそれは洗って乾かしてる最中、と軌志は答える。繁殖して生まれても、いい色じゃなかったらどうする？と聞くと、逃がしたくなるなと軌志は答える。軌志にがっかりされる前に全員、あの窓の向こうにでも放してあげたいと一瞬思う。それ以上行く場所もなく山にでも住まわせれば、生態系を壊したりするのだろう。きっとそれぞれ工夫して動くだろう。

ペット逃がすと逮捕されちゃうかもねと私が言うと、軌志は嫌そうな顔をして、ケースから一匹を取り出す。床の上に放して、両手で円を作って遠くには進めないようにしている。この小さな目からすればささくれて広がる畳は外国の、まっすぐに続く小麦畑のようだろう。一本買ってきたワインを軌志は一口しか飲んでくれなくて、スパークリングワインだから早く飲み切らないと、と頑張ったので酔ってしまった。トイレに屈み込み、吐く姿勢になるけど何も出ず、喉から空気が送られてくるだけだった。軌志が入ってきて私の口に指を二本入れ、舌の奥に擦り付けてくれる、それで少し吐ける。何でこんな飲んだ？と笑い、お風呂洗うから座椅子で寝ときな、と言って軌志は行ってしまう。寝転んだまま携帯を取り、ユーチューブを開く。レオパ、産卵と打ち込んで、上の方にある動画を再生する。産卵はすぐに始まって、濃い黄色のレオパが姿勢を低くし、きれいな土に股を沈めている。尻尾の付け根から太い卵が出てくる。腰を浮かし後ろ足で、生み落とした柔らかいのをずっとこねて転がしている。二つ目が出る。卵、お母さんに蹴られてへこみすぎ、破れないんかよというコメントの下に、土をかけて敵に見つからないようにしているんじゃないでしょうか、という返信が続く。敵はたくさんいるだろう。時間が経つと、生まれた瞬間より卵は膨らんでいる。カーペットの毛を撫でて少し眠る。起きると二十分くらい経っていて、だいぶ楽になった。窓を開けて風を入れると、体を伸び縮みさせるような山々が見える。風呂から軌志が呼んでいる。服を脱ぎ、湯船に浸かっている軌志に見られながら洗う。銭湯でもそうだけど、股はどれくらい洗えば、見ている人を納得させられるのか分からない。柚子の入浴剤が入れてある。洗い終わって浴槽に入り、脚を曲げて小さくなる。向き合って軌志の体を包んだり、後ろから包まれたりする。だいぶ良くなった？うん、柚子のいいにおい、柚子チューハイのにおい。飲み放題付きコースの最後に出てくる柚子シャーベットのにおい。柚子味の物って安い割ににおいの再現度が高い、と言い合って笑った。初体験はいつだった？と聞くと、小六、と軌志が答える。相手年上で、何回目かの時あっちがこれ使いたい、ってアイマスクと耳栓持参して、アイマスクは分かるけど耳栓って、と軌志は笑う。小学生って早いね、と言いながら私は私のでない太ももを撫でる。背高かったからねと軌志は答え、避妊もまだできない時期だよな、今でも完璧にできるわけでもないけどと続けた。寝て起きると、朝の光で明るくなった部屋にどこかの家から、カーテンを開く音が響く、何度も続いている。開いては閉じるをくり返している、スライドと、磁石の貼り付きがおもしろいからだろうか。台所のシンクの方が洗面所よりきれいなのでそこで顔を洗い、冷蔵庫を開けて眺める、前面ドアのポケットには染みが広がる。小さい時、お腹が空いたから家の冷蔵庫の牛肉を取り出して、鍋で水から煮出した。アクだけがたくさん出た。その灰色のに塩と醤油と春雨を入れたら、それでスープになるかなと思ったけど、ただ生臭いだけのができあがった。冷やされ続ける上段の棚の奥に、ティッシュの空き箱を切り開き、引き出しに作りかえた物が置かれている。出して見てみると中にはキッチンペーパーが敷かれ、白と茶色の薄皮が詰まっている。箱を揺らしてみると、もう緑の芽が出てしまったニンニクだった。一房ずつに分かれていて、箱の側面にはニンニク、とちゃんと書いてあった。軌志の字か、違う人のかもしれない。そういえば軌志の書く字は見たことがない。一つ取り出して、ダイニングテーブルに転がしてみる。薄皮は剥がして入れたんじゃなくて、伸びる芽が押し上げて脱いでいったのか。つややかだっただろう本体は、亀の首のところみたいになっている。どのニンニクも丸く膨らんで、底の固い部分から根を出す準備をしているのまでいた、使わないだろうが元に戻した。帰るね、とベッドに寝たままの軌志に言いドアを開けて出ると、低い位置で髪の毛を一つにくくった女が、軌志の家のベランダに掛かる洗濯物を見つめている。私もつられて見上げる。仕事着のポロシャツがたくさん揺れている。ポロシャツは保育園の指定で、自分で買うらしい。全体は薄い黄色で、襟に水色の縁取りがあって、二千五百円もするらしい。女に目を戻すと、茶色のダッフルコートは前がはだけていて、下にはその同じポロシャツを着ている、胸が布を押し上げている。女が、玄関から出てきた私を見て話し始める。あれは軌志君の干し方だね、洗濯物だけはピシッと干すよね。自分で干すの、掃除は私にさせるのに。クイックルワイパーのシートだって家から持参して来てた、ゴミ入れるレジ袋も。喧嘩して、私を怒らせたと思ったら、軌志君はコンビニスイーツばかり買ってきて。女はずっとそうして喋り続けていられそうだった。ポロシャツ、と私がその黄色い胴体を指差すと女は、今日私土曜出勤だから、と答えた。私、軌志と付き合ってます、と自己紹介をする。そうなんだろうね、と女は頷く。女は大荷物で、手首に食い込むのが痛いのか、大きい方の紙袋を右から左へ移動させる。この腕はこれらを持つだけの力がある。はずみで紙袋は一つ落ち、何かこぼれる。ビーズを入れた大小のペットボトルで、画用紙の花がつき、顔が描かれていたりする。ガチャガチャの容器やプラスチックのカップのもある、バラエティに富む。全部同じように地面で叩かれ、マラカスみたいに鳴る。落ちたのを一緒に拾うのが自然にも思われたけれど立ったまま、女が回収するのを見ている。ティッシュの空き箱で引き出しも作れる？と小さな声で聞くと笑って、材料があればジャングルジムでも作るけど、と女は答えた。こちらも興味のある話題でもないので、すぐに引っ込める。他に聞きたいことある？と拾い終えた女はさっきよりも近くに立って言う、する話は全て用意しているのだろう。私は思い付かず、この女があの部屋で軌志とセックスしている姿を想像する。座椅子の上から始まったりしてあの座椅子は、端の骨に頭をのせるとちょうどいい。軌志を寝かせて舐める時は、女の切りそろえた前髪が腹を撫でるだろう。女は私の腕を引っ張り、軌志君に見られるから、と少し向こうに連れていく。私のはコートの下にパーカーも着ている腕なので、太いと思われているかもしれない、仕方ない。女の手は小さく、きっとこれで子どもとかを拭く。手が離され向き合う形になって女は言う。知ってた方がいいと思うんだけど、軌志君ってうちの保育園の女の子ほぼ全員と関係持ってたんだよ、時期も被りまくりなの。まあ結婚してるパートさんとかには、さすがに行かなかったみたいだけど。でも九人だよ、職場だから内緒にしとこうね、ってそれぞれみんなに話してて、でも一人が言い出しちゃって。あの時の更衣室はすごかったね、一番若い子は両親にも会わせてたのに。軌志は、保育園の人たちはうるさいだけで恋愛って感じにはならないんだって、だからアプリ始めたんだって、そりゃもうアプリは退会するけど、と私が説明すると、女は声を出して笑って何か言おうとし、しかしもう一度息を吐いた。今かなり働きにくいと思うよ、園長以外は全員無視だから。女はそこまで言ってから紙袋を持ち替える、私なら両手に荷物を持つ時は、左右均等になるよう量を調節する。パートさんがその日は休みだった軌志君を、保育園に呼び出してくれて、仕事終わった後、その九人と軌志君と自転車で一列で話し合う場所探したの。パートさんが先頭で、軌志君は逃げないように真ん中で。部活で試合行くみたいで、漕ぎながら笑っちゃった。振り返ったら後ろの子も笑ってた。園児に見つかるといけないから遠い公園まで行って、私たち公園は詳しいから。どこで遊ばせられるか、どこが暗いか、いつでも用途と人数に合わせて考えられるから。公園に着いてその十人で、軌志君を真ん中にして囲んで、打ち合わせもしてないのにちゃんと円になるんだよね。パートさんが、どういうつもりだったか聞いたの、何て言ったと思う？聞きたい？と女は息継ぎせずに言った。聞きたくない、と息を吸い込みながら言うと、女はまた紙袋を持ち替える。今はしてないよね？と聞くと、もう保育園では無理でしょ。今してなかったらそれでいい？と女は私に聞き返す。洗濯物なんか見に来なくても、と私は言う、女はそれで何も答えずに、見込みのない者を置いていくように遠ざかっていく。私は感情の種類を間違えぬよう気を付ける、女の、一日でも早い諦めと忘却を願う。溝の泥水が、落ちてる布を閉じ込めている。

　机の上の文庫本は読みかけの海外小説で、主人公は葬式にばかり出ている。映画で、実話に基づいた話だって注釈が出るの嫌いなんだ、絶対人が死ぬんだもん、そりゃ人って死ぬけど、と軌志はよく言う。目のキワに乳液を塗って、T字カミソリでそこの産毛を剃る。私は目を上手く使えない。点と点を寄せるように見ると立体で浮き出るとか、ダリの絵に隠された構図だとか、教えられてもどうしても、そのように見ることができない。暗いところだと茶色が赤に見えてしまうような目だ。スーパーへ行こうと玄関を出て階段を降りる。階下の部屋は、タバコ臭いが植木鉢がたくさん並んでいる。となりの家の犬は年を取り目は白っぽく、耳だけはぶ厚く立派だ。私がここに住み始めた頃は、玄関に置かれた小屋にちゃんと座って誰か待ってた、本当はそういうことが今もしたいんだろう。あの頃は表面はもっとぬめっと、濡れたような毛並みをしていた、人が来れば尻尾を根もとからぐんぐんと振っていた。もっとうっとりと吠えた、今は高い声でヤーンヤーンと鳴いている。舐め過ぎて抜けてしまったのか手足の毛ももうなくピンクになっているけど、そんなことは命とは全然関係ない。壁に貼られたフックに透明のホースが、何重にも巻かれ掛けられている。照らされまだ新しいから、水の流れを固めたみたいに光る。去年のバレンタインデーに、尾頭付きの鯛の尻尾がハート形にカットされて、その部分だけ赤く塗られ売られているのを見てから、このスーパーで魚は買わない。会計の終わったカゴの商品を、持ってきたエコバッグに重いのから詰めていく、米の袋も楽々入るような大きいやつだから中で安定しない。流れるような手つきでやっていき、こんな動きをするためにある腕ではないのにとも思う。遠くのクリスマスツリーの下では、管弦楽の五人組が黒い服で合わせて演奏している。高い音と低いのが重なり合う、風が吹く中で立ち尽くす。保育園の誰かとベッドに横たわって、テレビでも見ながら脚の間に脚を差し入れるのを、あのマラカスを作った手が軌志を撫で回すのを想像する。小雨が降り出したので気まぐれで小走りをすると、穿いている太いズボンの裾が足先に絡まって転んでしまう、長財布がコートのポケットから飛び出す。あっちに行ってしまったエコバッグを引き戻して立ち上がる。地面に強くついた両手を見ると散り散りに傷ができている。ひねった右足が痛いので少し大げさに引きずって歩く。スーパーに戻り地下のトイレで手を洗って血を流すけど、傷に入り込んだ土で薄黒いままだ。ふとトイレの鏡で見れば、お父さんによく似た輪郭だ、トイレの暗い明かりのせいだ。就職してすぐの時、クリニックにお父さんが来た。受付をしていた私を嬉しそうに眺め、父です、と私の横にいる先輩に箱菓子を渡した、腰が痛いんで、と保険証を出した。先輩は笑いながら、せっかくだからお父さんの機械の補助入ったら、と私の手を引いてリハビリ室に連れていった。働き始めて半月も経たないのに、私はもうこの先輩と二人で受付に並んでいるのが苦痛だった。部屋は明るく、お父さんはきちんとローラーの機械に仰向けに寝て待っていた、私が上の方にあるスイッチを押すと、並ぶ細いローラーがお父さんを揺らした。立派にやってるな、と言うお父さんの大きな声まで震わせていた。その後固いベッドの上で電気を通され、お父さんの診療は終わった。受付業務をしながら眺めると、先輩と入り口近くで立ち話をして、お父さんは一生懸命話していて、身振り手振りを大きくするたびに、じりじりと先輩に近付いてしまっていた。先輩はそれを避けようとしてさりげなく離れるので、二人は最初の場所よりあっちに移動していた。お父さん外まで送ってあげたら、と先輩が私の方を振り返り笑った。過保護で恥ずかしいです、と私はできるだけ照れたようにして、お父さんの背中を追った。クリニックの前は車が二台入る駐車場で、お父さんは立ち止まって外観を眺めながら、きれいなところだなと言った。中学生の時に、授業で作った短歌が廊下の掲示板に飾られた。選ばれた人のしか貼られていなかったから、自分の短歌が入っていて嬉しかった。これで夕ご飯の会話が弾むと思った。三人の夕ご飯の時間は、私の学校のこととお父さんの仕事の話を膨らませるしかなかったから。報告すると二人とも喜んで、でも次の日の夕ご飯でお父さんが、短歌の紙な、剝がしてもらったよと言った、黙って夕方学校に見に行ったらしい。そして、何だかちょっとエッチな短歌だったじゃないか、と照れたように言った。何でもいじめの種になり得るからな、担任の先生に言って、外しといてもらったよ。初めて見たけどいい先生だな、若くて活力がある。エッチという単語が出た時点で恥ずかしく、お母さんと私はうつむいた。次の日掲示板を見に行くと私の短歌は剝がされて、それでできたすき間は、他の紙の間隔を広げ直すことで消えていた。担任の先生は特に何も言ってこなかった、脚とか腰とかの言葉が入った短歌だった。そういうことも思い出したけど、クリニックの駐車場でもう何も言わなかった。院長もいい人そうだし頑張れよ、頑なところがあるから、それでは幸せを逃すからな、とお父さんはアドバイスをし、じゃあ、と片手を挙げて駅の方に帰っていった。

　軌志が電車の座席に先に座る、運転士たちが車体を挟んで手を振り合っている。走り出すと窓からは、クリニックが多く目につく。軌志が雑誌で見つけた中華料理屋は外壁が剝がれていて、何重にも塗ってきた色が重なりこぼれ落ちている。赤い板のカウンター席は狭いので、軌志と体を密着させながら腕は一体のようになる。天津飯はちゃんと蟹の風味がして軌志は、これなんだよね、結局美味しい料理って出汁なのよ。この前めっちゃ美味いピザ屋に行ってさ、まあ生地なんて結構どこも同じでパリパリしてるじゃん。でもそこのは噛んだ瞬間にサラミの出汁がジュワッと広がるのよ。この天津飯も同じ、と力説した。取り皿もう二つずつくらい頼んどいてくれる、と軌志が私の肘を触ってからトイレに立つ。正面にいるおばさんに頼むと、うち皿少ないからそんなに出せないの、と断られる。帰ってきて椅子に座る軌志に伝えると、俺が言えば良かったかなと言われ、私は何か他の話題を、と思って話す。私は海鮮ちょっと不得意だからさっきの天津飯とかの出汁も、蟹臭いってなっちゃうんだ。まあそれは分かる、俺もブルーチーズとかゼリー状のハムとか、臭みでワイン飲ませたがってるようなやつ苦手だから、そんな感じね、と軌志は答えてくれるので、そうやって、自分に引き寄せて考えてくれるから好き、と言うと、だって自分に一旦置き換えないと上手く考えられなくない？全部関係ないことになっちゃうじゃない、と得意そうな顔をした。酢豚も美味しかったけど小さな一枚ずつの取り皿に、ソースがどんどん重なってしまう。最後に頼んだ焼売は小さく、これ四つで九百円は高いね、と軌志は何度もくり返した。料理の話はもう盛り上がりを見せず、店を出て、すれ違う自転車の後ろ乗せに座る男の子は、寒さに耐え忍ぶようにうつむいていた、私もその姿勢で歩いた。一時間だけとカラオケに入り、軌志は歌わないで私を膝の上にのせ向かい合う形になる。軌志の首すじはベーコンみたいなにおいがし、入ってくる手を握ってそこで止めると、軌志は上目遣いで、だめ？と聞く。私の胸を、石のように気楽に握る。もちろん断れないことはないが間が空き、口でしてあげようか、と言うと軌志は期待に満ちた目で頷く。私はテーブルの下に潜って取り出し唾を広く塗っていく、歪む顔で喉に力を込める、何となく服の前をかき合わせる。途中で乾いた唇がリップクリームを切実に欲する、横や斜めに揺らし息継ぎを挟む。あと十分で退店時刻です、のピロピロが、早く鳴らないかずっと待っている。軌志は前、海辺で飲んだ地ビールも、出汁の味がすると言っていた。飲んでみると私には苦味だけだった。口に受けた精液をどうしようもなくて、模様の入ったグラスに唇を細くして吐き出す。うわあ、と軌志が言う、見えるところに入れたら汚いでしょ、と笑う。もう出したから、泊まってもセックスはしないんだろうと思いながら電車に揺られ、二人で軌志の家の最寄駅で降りた。ペットショップがまだ明るくて、私の足は吸い込まれるようにそちらに進む。中、寄ってくの？と軌志が訊ねて私は頷く。色違いのレオパが、それぞれのケースに入って売られている。低いところに置かれているのでしゃがみ込み、動いているのを眺める。ほら、これかっこいい、溶岩みたいな水入れ、と軌志が私に皿を近付ける。火山から湧き出ているところを固めたような形で、招き猫よりよっぽど汚れが溜まるだろう。元カノとかとも、ここでこうやってレオパでも見た？と聞くと、今が一番楽しいよ、早く家に帰ろうと軌志は笑い、溶岩を棚に戻した。ネットで繋がった子がレオパの幼体くれて。俺ももう成体飼うの慣れただろうから、生まれたばっかりのレオパでも大丈夫なんじゃないかって。ほらこれ、プリンカップがケースにぴったり、ちゃんとプリン食べて準備してたんだ。お願いがあって、一晩うち泊まって面倒見てあげてくれない？幼体は成体と違って、一日一回餌あげなきゃで。俺今度スノボ行くじゃん。朝スノボの用意持って出勤して仕事して、そのままレンタカー取りに行って夜通し運転して、スキー場に次の日の朝着くでしょ。車で仮眠して一日滑って、夜中スキー場出発でうち帰るからさ、二晩空いちゃうんだよね。うちで俺を待っててもらって、そのまま誕生日のお祝いしない？誕生日の次の日ってことになっちゃうけど、誕生日だよね？という軌志の声をぼんやりと聞いた。小腹空いたね、と言って軌志は下に行き、冷凍の小籠包を温めて持ってくる。作り物めいていて、丸い皿に等間隔に並べられ、みんな同じ数のひだがつけられている。白い皿と同じくらい固く見える。軌志は一つ食べ、はい、と言って私の口にもその張り付くようなのを入れてくれる。スノボは誰と、と訊ねる。保育園の人たち三人と、上手い人がいてさ、教えてくれるんだって。女の人ばっかりだから心配？オールで行くから独身の人たちだけど、ただの同僚だから大丈夫。職場一緒とか嫌な面もう見過ぎだし、写真撮って送るよ、と言って軌志は笑う。息苦しくなりながらも、ちゃんと連れていってもらえるの？と聞くと、何それ、俺運転手だよと軌志は笑った。でもスノボってさ、行って道具借りて靴履いてずっと寒い、の手間が楽しさを上回っちゃう時あるからな、と軌志は立ち上がる。餌、ゴキブリだったら私あげられないけど。あげてやってよ、幼体かわいそうじゃん、ピンセットでつまめばいいんだから。団体なのが怖い？超小さいゴキブリだけタッパー入れとこうか？いい、じゃあペットショップでゲル状の餌買ってくる、と答えると、それもいいかもね、それなら成体のレオパたちにもついでにやっといてねと軌志は微笑んだ。ゲルは千円！と言いながら、伸びをして部屋を出ていく。こたつの上には、新しそうな英会話の本が置いてある。軌志もちゃんと、より良く生きようなんて思ってるんだ。英語塾から帰ったら、お母さんがいつもワカメうどんを作ってくれた。小学生の時で、ローマ字は母音と子音の仕組みがよく分からず、単語一つひとつを見たまま丸暗記していた。一緒に行くのは、付き合って揉めた人たちじゃないの？と言うと軌志のまばたきが多くなる。保育園の元カノが、ここの家の前に立ってて教えてくれたの、別に聞きたかったわけじゃないけど、と誤解されないように付け足す。幅の広い座椅子の真ん中に座って軌志は無言のまま、両腕を開いて私を抱きとめる姿勢を取る、私はもちろん、その器のようになった部分に飛び込む。風呂ではボディソープがもう足りなかったから、背中は水の流れだけで洗う。湯船に入ってきた軌志を私は後ろから抱え込む。左右対称に生える背中の毛に口づけ顔をゆっくり横に振る、皮ふを吸い込む。肩甲骨に唇をつけたまま息を吸って鳴らす、口と口より気持ちいい気がする。体の一部に、こんなに重い意味を持たせて、とも思う。ほら、と軌志が自分の足の甲を指差す。ここ硬くかさぶたになるんだよね、あと膝、赤かったり黒くなったり、保育園では基本立て膝とか正座だから、と言う。撫でてあげたいけど胴を挟んでいるから、私の伸ばす手は全てには届かなかった。角度を変えて両手足を使えば、できないこともないけど。変な女たち、と私は吐き捨てるように言う。分かるでしょ普通、自分以外にも付き合ってる子がいたら。変な女たちと付き合ってた軌志だって気持ち悪い、そのままそいつらと付き合っとけば良かったのに、私になんか出会わずに、と呟くと、軌志の顎はうんうん、と弾み、そうだね、気持ち悪かったね俺、と答える。何かこちらが差し出せば、知らないものが返ってくるとは、私も思っていない会話だ。両手を見るとスーパーの前で転んだ時の傷は、良く言えば花びらみたいに散らばり、端から治っていっている。中心はまだ古い皮を被って、引きつれがあり硬い、治りかけなので痒い。痛くなって気付いたけど、結構手のひらで何でもやっていたのだ。怪我したの、と軌志の顔にかざすように両手を向けると、かわいそうにと指で触ってくれた。それで、また痛かった。握り込んで手の甲の方から眺めると、指の付け根は繋がって山並み。体勢を変えて太ももにまたがる、膝を見ると茶色いかさぶたが、軌志を守ってくれている。顔をこねくり回して口をぶつける、軌志はじっとしていてくれる。

　私は夜明けに生まれたので、その朝起きたらちゃんと二十五歳になっている。職場では朝礼で、何人かが一言スピーチをする。院長の話よりは退屈じゃない。私は今日誕生日なので頑張ります、と発表すると、何となく拍手が起こる。院長が、誕生日じゃなくても頑張れよっ、と口に手を添え大きな声を出す。すれ違う時に美乃梨ちゃんがゆっくりと、おめです、と言ってくれる。診察の時、となりに座る院長がマスクをずらして喋りかけてきて、頰にキスされたくらいの気持ち悪さがある、また新しい職場にお父さんが来るのが嫌だから、私は転職はしないけど。今日は午前診だけで終わりの日なので、美乃梨ちゃんがカフェでも寄りますか?今日は彼氏とですか?と聞いてくる。昼ご飯だけ一緒に食べますか、奢らないけどいいですか?と言ってくれる。それぞれの自転車を漕いで、近くの商業施設に向かう。デパートも入っているけど、たぶんフードコートで食べるだろう、どの入り口の駐輪場に停めるべきか思い浮かべる。先頭を行く美乃梨ちゃんの髪の揺れと伸びる背筋を眺める。自転車は後ろにもカゴがついていて、後ろにもカゴあるんだね、と呼び掛けると美乃梨ちゃんは振り返り、必須でしょ、と声を風にのせた。フードコートの、店が並ぶところを二人で見て回る。私が海鮮丼を買って待っていると、美乃梨ちゃんは平たいキーマカレーをのせたお盆を慎重に運んで来る。今日はお肉食べるの？と聞くと照れた顔をして、まあ、ひき肉は空気含んで多く見えてるだけなんで大丈夫です。ペスカタリアンじゃない人より食べてる総量は少ないんで、と答える。肉は食べない方がね、気持ちが前向き上向きになるんですけどね、と美乃梨ちゃんは続ける。キーマカレーを吸い込むように勢いよく食べ始める。私は美乃梨ちゃんの、食べる手もとばかり見ているような気がする。そっちが海鮮丼にしたら良かったね、魚は痛くないしと呟くと美乃梨ちゃんは悪びれもせず、でも華やかで、誕生日にぴったりですよと答える。となりの席では人の良さそうな、清潔そうな若い孫がおばあちゃんに向かって大きな声で話している。おばあちゃんはちょうどいい声の調子も分からず、もっと大きな声を出す。海鮮丼は、食べるごとに混ざり汚くなっていく。お姉ちゃんは、息子が生まれて嬉しそうで、と美乃梨ちゃんが話している。もちろん娘なら心配だ、たとえば私が恐れるのは、風呂場の床に帯や斑点になって進む、生理の血を踏みながら子どもたちを洗って、これは大丈夫、お母さんは大人だから仕方ない、と説明しながら股をさりげなく洗い流す、そういう場面だ。息子だったらそんな経験もさせなくて済む。彼氏が最中に、頻繁に口に指を突っ込んでくるんですよ、何か触った指で。あれって何なんでしょうね。指一、二本入れてくるやつね。手のひら舐められるなら、セックスの前段階でなら、まだ感じますけど。口の人と指の人どっちが気持ちいいつもりでやってるんでしょうね、と言うので、そうだね、誰が興奮してるんだろうね、と考える。見てる人ですかね、と笑いながら美乃梨ちゃんは食べ終えた皿をまっすぐに直す。このまま帰るのも誕生日にふさわしくないと思い、美乃梨ちゃんとバイバイしてからデパートがある側に向かう。誕生日ケーキを買った方がいいかもしれないと思い付き、食料品売り場へ行く。ケーキ屋はひと所に集められている、七店舗もある。四周見て回る、四周目はもう恥ずかしくて、ショーケースの近くまでは行けなかった。遠くからになってしまって、何も見えていない。足が痛くて、靴に合わせているのが大変になってくる。でもケーキを買った方が誕生日らしいと、さっき思ったのだ。ケーキ売り場の中央には、青いモザイクタイルで大きく、魔法陣みたいな円が描かれている、羽ばたく鳥の模様がある。ケーキを選び切れない人たちが、この中心でひざまずいて祈りでもするのだろう。このまま円の中に倒れ込むかもしれない、デパートだから石のタイルは重厚感があって、頬にきっと冷たいのだろう。こんな、何も上手に手に入れられなくて、と思いながらケーキは買わずに帰る。家に着替えと、ヘアアイロンを取りに寄る。もし髪の毛がまっすぐだったら、旅行に行くのにトランクにヘアアイロンが入ってない、どうしようあれが、あれがなくっちゃ、と泣きわめく夢も見ずに済むのに。ゲル状の餌を買わなければ、幼体がお腹を空かせている。軌志の家の最寄駅に着き、いつものペットショップに入る。レオパのゲルの餌はどこですかと聞くと、店員のお兄さんが手招きしてくれる。これです、と渡してくれる手は両親指が絆創膏にくるまれ、手のひら全体が乾きひび割れている。水が間近にある仕事なのだろう、水は多くを持っていく。餌の横には溶岩みたいな皿が並べられている、買ってもまた邪魔になって、軌志はケースから出してしまうだろうか。となりの百均を見ると、入り口付近に造花のタワーがある、透明の筒にいっぱい挿さっている。花束を作りたくなって店内に入り、色と大きさが上手くいくよう束ねていく、十本抱え込む。これで千円なら安いと思いレジに運ぶ、ケーキも買ってないし、食べてなくなりはしないから得だ。花束は、レジ袋に入れてもらうとばらけてしまう、袋の口を引き上げる。鍵を開けて入り玄関の棚を見ると、ゴキブリの入った水槽がある、移動させておいてくれなかったのか。私に配慮ができないくらい、スノボの準備は忙しかっただろうか。水槽が目に入ってこない角度を向いて靴を脱ぐ。胸に穴が開くようなので、埋めるように力を入れて息を止める。靴入れを大きな動作で開く。染み込んだ酸っぱいにおいがする、女物の靴などないかどうかも、一歩引いて眺める。上の段に小さな靴が並んでいる、左のを取り出してみると、もう表面の布もひび割れてしまった十二センチの靴だ、その右の十三センチ、十四、と次々手に取っていく。歩かなかったのか、十二センチのは土などで汚れていない、中敷きに太い字で名前が書かれてある。手のひらにのる靴底は柔らかく作ってあり、軌志もこうやって一センチ刻みで大きくなってきた、名前だって、昔は誰かが書いてくれた。喉が渇いたので台所に行くと冷蔵庫の扉に、誕生日おめでとう！

中にケーキあるから！と書かれた付箋が貼ってある。開けると三角形のケースにしっかりと収まり、上の苺にはびっしりと粉砂糖がかかっている。コンビニスイーツばかり買ってこられてもね、とささやく。でも、自分で買わなくても誕生日ケーキがある、去年はそんなことはなかった。ついでに冷蔵庫の中から、ニンニクが詰まった引き出しを抜いて捨てる。こういう箱を作れるのが、あの子の取り柄だ。二階の和室に入るとそれぞれ、まぶたを閉じたり丸まるキッチンペーパーを抱えたりしている、痩せた地で。一匹取り出し手にのせる、水も替えてやろうと思い、全部のケースから水入れを引き上げる。交尾は捗らず買うばかりで増えていって、ケースは今八個になっている。あの金色の招き猫はいつの間にかどこかへいってしまったから、どのケースの中も下に敷いたキッチンペーパーと水の皿と、レオパ本体だけ。餌のやり方を見ると、キャップを開けてゲルを絞り出しピンセットでカット、レオパの目の前で揺らすと食いつくらしい。ケースの横に落ちているピンセットはこれでいつもゴキブリを挟んでいると思うと、指が近付くのを拒み固くなる。台所から割り箸を見つけてきてそれであげる。チューブの中身は茶色いモチモチしたゲルで、なかなか食いつかない。うん

郵便はがき

料金受取人払郵便

小石川局承認

1100

差出有効期間
令和6年3月
31日まで

112-8731

〈受取人〉
東京都文京区
音羽二—十二—二十一

㈱講談社
文芸第一出版部 行

ご購読ありがとうございます。今後の出版企画の参考にさせていただくため、アンケートにご協力いただければ幸いです。

お名前

ご住所

電話番号

このアンケートのお答えを、小社の広告などに用いさせていただく場合がありますが、よろしいでしょうか？　いずれかに○をおつけください。

【 YES　NO　匿名ならYES 】

＊ご記入いただいた個人情報は、上記の目的以外には使用いたしません。

TY 000072-2203

書名

Q1. この本が刊行されたことをなにで知りましたか。できるだけ具体的にお書きください。

Q2. どこで購入されましたか。

1. 書店(具体的に：　　　　　　　　　　　　　　　　　　　　　　　　　)

2. ネット書店(具体的に：　　　　　　　　　　　　　　　　　　　　　　)

Q3. 購入された動機を教えてください。

1. 好きな著者だった　2. 気になるタイトルだった　3. 好きな装丁だった

4. 気になるテーマだった　5. 売れてそうだった・話題になっていた

6. SNSやwebで知って面白そうだった　7. その他(　　　　　　　　　　　)

Q4. 好きな作家、好きな作品を教えてください。

Q5. 好きなテレビ、ラジオ番組、サイトを教えてください。

■この本のご感想、著者へのメッセージなどをご自由にお書きください。

ご職業　　性別　　年齢

男・女　　10代・20代・30代・40代・50代・60代・70代・80代～

ざりした顔を作って向けてみる、虫みたいに動かすと箸の先で揺れる、もう片方の手で指し示す。弾力のあるものは生きているように見える、それで食べ始める。そうだ、花束があったんだ、とわざわざ声を出して下に取りに行く。袋に何のこだわりもなく入れられてしまった花たちを、私のいいように束ねる。プラスチックの茎と、布でできた葉が片手に収まる。手前のレオパのケースに近付けると、二匹一緒に入れられた雌は花束を目掛けて飛び上がる。触りたいのかもしれない、そんなに細やかな指なのに、一日ケースの中だけ撫でているしかないのはかわいそうかもしれない、畳なら小麦畑だ。私は和室の襖をきちんと閉め、ケースの蓋を開けて横に倒していく、キッチンペーパーの床は控えめな音を出し崩れる。幼体は触って弱ってしまうといけないから、プリンカップの中で待たせる。押入れを背にして立ち上がり、花束から一本ずつ造花を抜き取りいい位置に置いていく。軌志が帰ってくる前に、ちゃんと全員入れ直しておかなければいけない、同室だった雌たちはきちんと同室に。性別は股を見れば簡単に分かるらしい。無断で出してしまったことを怒るかもしれないけど、話せば分かってくれるだろう。軌志はどこからでもきっと、平気な顔で戻ってくる。座って折り曲げている私の脚は、なだらかに湧き出る斜面で、自由になったのが一匹登ってくる。私は彼らの来歴を全く知らない。機械の、敷き詰められたローラーに寝転ぶお父さんを思い出す、あんなに性的じゃない体なんだから、言葉の方がそれはエッチだっただろう。傾けられたケースからすぐ出るものもいるし待機するのもいる、定まらない動きを見せる。どうしても行くのだ、どこか他へ、奥へ行くのだという切実さは特にない。手のひらにまだ残る傷を見れば細かく丸くなり、レオパたちの柄にも似る。こうやって、新しい皮ふが下の方から浮き上がってきて治っていく。レオパたちはそれぞれの場所に張り付き、汚い襖も壁も華やかに見える、体を当て合っている。どこも信頼できる場所ではないだろう、場に負けぬよう寄り集まったりする、それで心の平安が得られればいいが。床の中央から見渡せば、配置した造花たちは数があるから豪華で、偽物だとは思えない。全て色付くこの部屋は、幸福で豊かな群生、森。ここで寝転べば、そのまま私が山になることも可能だ。

風雨

　片手を差し出せるほどにしか、小窓の部分は開かない。窓から見える木は寝るように生える松だけなので葉は揺れず、雨がどれほどの勢いか測る目安とはならない。向《むか》井《い》は開けたカーテンを手に持ち「ビューだねえ」と窓からの景色を褒める。オーシャンビューでもないけど、何ビュー、と尋ねたかったが、二人はまだあまり話したこともないため、嫌味に聞こえることを恐れ、「ビューだね」と彼は答える。

　クラスで揉めに揉めたので担任の理科教師が、部屋はもう名前順で振り分けた。彼は窓枠のカビは見ないふりで通すことにする。水道の継ぎ目のはカビと言うより苔のようで、両者の違いを彼は知らないが。行きの飛行機から雨は降っていた、福江港に船が到着したあたりで風が音を増した。ホテルは港、ターミナルからほど近く、移動で鞄の中まで濡れるということはなかったが。

岸の赤い柵は、高さ的には何の役にも立たない。スカートを穿く女子は、裾を袋の口のように縛った、雲から少しの陽が差し込み、海は泥の色で一面揺れていた。波乗りで楽しいようなのではなく、小山が次々、奥からこちらに進んでくる形の波だった。先に送っていた大きな荷物、スーツケースなどがホテルの入口で待ち構えていた。

班長はそれぞれの部屋の室長に、教師からの伝言を届ける係だ。委員長でもある彼は、横並びの部屋の室長を呼び出し、廊下で予定の変更を伝える。「しおり開けて、一日目の午後から。バスがもう走れないらしい」「いけるだろ船じゃないんだから」と野次が飛ぶ。「風が強まるからって。バス無理だから、堂崎天主堂とその前の海と鬼岳、これ消して。今からふるさと館と歴史資料館、書き込んで」「やっぱ海なしかー」「教会か資料館ならもう俺はギリどっちでもいいな」「徒歩がなー、雨で。ビーサンもなー」

窓が締め切りの廊下は音が聞こえるでもなく、雨の実感もない。室長たちは部屋に戻り、ベッドでもう寛いでいる仲間に報告する。しおりには旅行の感想を書くスペースもあり提出が予想され、何事もメモを取るようにと、昨年の入学時から熱心に言う学年主任のもとにいるので、皆習い性としてしおりに変更を書き込む。

　コロナ禍のため、何度にもわたる日の延び、距離の縮みなどの変更があり、その度に未知の場所を知る苦労に出会いつつ、数学教師は上の学年の動向を窺いながら旅程を組んだ。兼ね合いもあって二年生の五月でとなった、まだ生徒たちはクラスにも慣れ切らない、休み時間の立ち位置も定まらないような時期だ。暴風雨は彼らの修学旅行をゆっくりと、追いかけていくように進むはずだった、どんなに逸れても、予報では逃げ切れるはずだった。

　クラスごとに外に出る、ホテルの前の銅像に風が強く当たる。狭い歩道の、両脇から迫る草を脚で分け進む、足の裏がサンダルに突っ張って鳴る。雨は強く、剝き出しの足は、肌につく砂と水滴を楽しまない、葉が敷き詰められた歩道も、踏めば水が跳ねるので皆楽しまない。石垣も風に耐える。絡まるような、周りに満ちて遊ぶ粒を、感じるような湿気だ。

歴史資料館の資料溢れる館内、生徒たちはＶＴＲを観、それは続いてきた歴史を映し、捕鯨の道具を見、鋭く、ふるさと館の家屋の新しい畳を踏むなどして時間は過ぎる。白黒の映像は見にくいが、海の話なので、光っていればそこは水だろう。誰が何を建て、移し、解体したなどの説明が書かれる。ぜひ知りたいことであればスマホで調べるが、ふと疑問に思ったくらいなら生徒は全て教師に尋ねる。まだ大人に対し理想を持ってくれる時期だ、教師たちは一応それを幻滅させまいと励む。皆、濡れて困るものは鞄の奥の方に入れている。

　通り掛かる城跡は今は高校になっていて、と説明されたその高校から、帰宅する生徒たちが出てくる。こんな高く石を積まれた壁が、学校を囲っているのはどんな気持ちだろう、と彼は思いながら、その子たちとすれ違う。こちらもあちらも、傘はひっくり返らないよう半開きで差している。皆汚い水を踏まぬよう避ける。

　身を低くし勢いをつけ、濡れた鳥が飛ぶ。小虫が頬に当たる、虫は強い雨の中でも飛ぶのかと彼は思う。生み出される、粒の大小あるように見える雨、燃え続けるはずの火でもこれで消えるだろうという雨になってくる。我が子を濡れぬよう抱いて歩くわけでなく、後ろに続く生徒たちさえ気にしなければ身軽な我が身を、体育教師は楽しむ、葉をちぎるほどの雨でも。

　夕食会場は広さが足りないため、計画の通りクラス順にバイキングを終える。隣の席の校長が、時々唸るような声を出しながら食べるのを、理科教師は心底嫌がる。この部屋には熱帯魚の泳ぐ水槽がある。魚はブルーのライトで見えにくい、輪郭はもう見えない、中央に走る色だけが目立つ、赤と緑がサラミのような模様で入り交じる薄い葉、そこに分け入っていくのを国語教師は見る。

　エビが流木の表面を這い、手足ではない部分で、こちらに見えない何かを掻き集め食べている。わざとそうするのか、木には長い苔がまとわりつく。こういう大きな水槽を息子に買ってやって、それは妖精のようなグッピー、動かぬ亀、陰影だけ目につく蛇、その他小さな動物の死に場所となっては、次のをどんどん受け入れていった、と国語教師は思い出す。

　室内での計画は、しおり通りに進む、振り分けられていた各部屋でクラスレクリエーションが始まる。校長は各クラス見て回り、すぐにロビーの本部に戻る。二日目の学年レクリエーションでクラス対抗のムカデ競走があるため、その紐は各担任が手荷物に入れてきている。鞄の中でどうしようもなく嵩張るので、理科教師は圧縮袋に入れてきた。ムカデの練習に向井が、「先生も入りましょうよ」と誘うと、「足首捻ると困るから」と理科教師は断り、何とつまらないことか、そんなに簡単に足など捻らないだろうと生徒たちは思う。

　大浴場は脱衣所の洗面台が二つ、棚が十八、シャワーは六ほどの小ささなので、クラスごとに時間を区切って入るにしても風呂場は混乱を極めた。シャワーを二人以上で使い、順に流すような、空かないので手持ち無沙汰で、いつまでも髪を泡立てながら、椅子も足りないので立って待つような、過酷な場所取りの場だった。諦めて部屋のシャワーに戻る者も多かった。

　腹立つほど長い打ち合わせが終わり、理科教師と体育教師は真夜中の、他の客ももう退けた脱衣所で黙々と自分の衣服を脱ぐ。高校生や大学生の時などももちろん、大浴場では胸など見られるのを恥ずかしがった。でも今思えば、あれは本気の隠し方ではなかった、見られてもいいという余裕があった、とまだ、体育教師から見れば充分に若い理科教師は思った。

理科教師がカゴに入れているのはホテルに備え付けの、パイル地の、白衣のような部屋着だったので、「こういう時はジャージだよ。生徒倒れたらそれで救急車乗るの？」と注意した、自分もこのくらいの新任の頃は、小事と大事の見分けもつかなかった、と体育教師は懐かしく思う。

体育教師は運動を日常的にこなしている者の体をしているし、産後からもう外見などには頓着していないので、タオルはただ手に持ち浴室へ入った。サウナは禁止と言ったが、入った生徒もきっといるだろうと思いながら、サウナで体を擦った。風呂から上がり、脱衣所に一人だったので、見てお風呂めっちゃ狭い、と理科教師は彼氏にＬＩＮＥし、丈の短い部屋着姿の自分を、鏡に映り込ませた写真ももちろん送った、彼女のことを、短時間でも忘れぬように。

彼は旅行先では上手く眠れない、空気は乾燥し、エアコンは調節できるが室温は慣れず思い通りにならず、暑い寒いで目が覚める。向井は寝たまま胸を掻きむしりイビキをかいている、鼻と喉で鳴り響く。自分の父親のイビキも、隣の部屋から漏れ聞こえるほどなので、彼は慣れているが。自分もこうなるかもしれないという呪いの予感もあるが。

　イビキと咳込みで向井が目覚める。「ああ、うるさかった？おとんもすごくて。この前レーザーで喉ちんこ焼きに行かされたんよ、おかんに。イビキ解消のために」

「喉ちんこってなくてもいいんだ」「なくてもいいみたい。取ってもまだおとんイビキかいてるけど」と言い向井は大笑いした。

「うちのおとんって友情第一で、幼稚園の友だちとか野球の友だちとかともまだ仲良くて。俺たちが小さい時でも、週末はそれで一人で出掛けちゃうか、それか俺たちも参加してバーベキューとか、旅行なら部活も休まされたり。兄ちゃんは高三になったら、もう受験だからそこから解放されたから、俺も早く三年なりたいんだよな、バーベキュー暑いもん。喉ちんこなくなったの、かなり友だちにイジられたらしい。俺たち家族は全然、なくても気にならないけど」と向井は言ってまた寝る。父親に似ているのか彼には分からない、イビキをまたかく。なるほど、しかし完璧な子ども時代というのは、あり得ないはずだと彼は思う。

プラスチックの板さえ勢い良く翻る風を、「雨が降ってりゃ風が見えるな」と、起きた向井が小窓から覗き見る。雨が叩き跳ねる、音は空調のと混じる。「コロナ禍じゃなかったらな、他の部屋にも出入り自由だったら、暇じゃないのに」と、彼が気を遣い、言わないでおいていることを言う。「それ言うのテンション下がるから反則」と、彼は深刻にならない程度に言い返す。向井もその意を汲み、「うっそ、嘘」とおどける。

向井は痒いのか掻きむしり、それで血が出て掛け布団に散るが気にしない。ベッドは離れた島なので彼も、関係ないので気にしない。向井の昨日着た服が狭いバス・トイレの床に、湿りで重さを増し眠るように丸まるのを、彼は足で壁に追い詰める。使って散らばったタオルとまとまる。

「ワックス何使ってんの」と言い向井が覗き込む。手に少し余るような大きさのを二つ、彼は見せる。「どっちもふんわりなニュアンス？いいにおい、これ何、ライトウェーブの香りだって、マジでどういうこと。じゃあヘアアレンジ選手権しようぜ。自分のワックスで、相手の髪のセットしてどっちが多く褒められるか」

向井の髪は彼のより固く、これでは柔らかく空気を含ませ後ろに流す、などの動きはつけられそうにない。こんなに違うものか、分け目を横にしてタイトに固めるか、でもそれにはこのワックスではなかったかと彼は考えながら、毛先の尖るようなしっかりとした向井の髪を捏ねる。向井はその下で、ワックスの蓋を開け閉めしている。

　今は降ったり止んだりの小雨、どの窓も凝視しているだろう雨。動作に、相手の目がつきまとう気がする。向井が小窓を開けたままにするので、こちらを脅かすような風が入ってくる、雨の降り込みもある。向井は彼の髪を褒め、力強くまとめている。

「もっと後ろから前に持ってきた方がいいんじゃん、髪を。やりやすーい」頭は前後に動かされ、あの髪ならこのくらいの勢いが必要なのだと彼は思う。

　数学教師は、早朝から雨の番をしている、窓辺で眺め、ネットで調べ続けるだけに留まるが。朝の船が出るか確認しに、もし出るなら素早く全員に知らしめねばならないため、各クラスの委員長だけを連れ、学年主任と数学教師、国語教師は港のターミナルへと向かう。他の生徒たちはすぐ行ける準備をして部屋に待機している。雨に抑えられてか、潮の香のあまりしない海だ。木にも建物にも打ちつける風を、手でなぞりながら進む。雨は緩急つけて降る。ここの港は生徒たちに、あまり色のついていない街として記憶されるだろう。

踊る大きな木の躍動、遠くで上ずる子どもの声、どれも吹くものに作用され混ぜられる。風の音が最も大きく、耳が恐ろしく受け止める。湿る公園は土のにおい溢れ、こういうのを嗅ぐととうとう売ってしまった、先祖代々の畑を思い出す、でもどうしようもなかったと国語教師は思う。

先の方で待つ客たちが騒いでいる、後ろの方は不安になる。「朝の船運航しないらしい」委員長たちは、一瞬でも外に出られたから良しとするか、このような連絡など聞くために、服を濡らしたのを悔やむかを決めかねている。汚れで曇るガラスなので、外の雨が分からない、海が霞むのか、自分の視界が霞むのか、と思いながら皆眺める。窓口に聞けば、昼のも夕方のも望み薄だという。でもまた昼になれば欠航の文字を確かめに、誰かここへ来なければならない。

船に乗りたかった者たちが肩を落としターミナルから出てくる。彼は傘の下からあちらの海を見る、もっと雨が来る予感がする、果たして雨筋はより太く、帯、塊、そういう雨が降り注ぐ土砂降りとなる。「雨がこっち来た」と叫び皆足を踏ん張る。強い音であり強い力だ。迫ってくるものに気づけた我が身を、彼は頼もしく思う。

各班長へ、室長への伝言ばかり続くが、この狭いホテル内での出来事なので、連絡の漏れなどあってもすぐに修正は可能だろう。各部屋に声の届く放送設備などない。どの廊下でも班長たちが、暗い顔で室長たちを呼び出す。「しおり二日目開いて。朝の上五島行きの船ね、これ出ません」室長たちは大笑いする。

「絶対そうだと思った。この天気で」「早くこの先が聞きた過ぎる」「ドキドキしてる」「上五島でバス予約してるから、ここではバスもなくて。だからちょっとまず十一時までを消して。上五島まで行く船は、一日三本あるのね。朝がもう欠航で、昼が出るなら乗って、昼ダメなら夕方のってチャレンジするから、ホテルにいた方がいいから遠くに行けないらしい、雨風も危ないから」

最悪ー、と誰もが声を伸ばす。嘆くべき出来事だが気にしない、という風にしか、対処のしようもない気がする。「宴会場にしおり持って移動で、ムカデ競走の練習もするかもだから、サンダルじゃなくて運動靴でって」「もうムカデはいい」「ムカデが上手くなり過ぎる」と叫びながら、室長たちは前の肩を持ち縦で連なり、ムカデ競走のテンポで部屋まで走っていく、自分の部屋の扉に着いた者から離脱する。何もかも見たいというわけではないが残念だ。

ホテルに昼食の弁当を、延泊はできる、あとは何だ、衣食住の不都合が出そうな部分は、と数学教師は考える。昼の便が出るかもしれないから、大きな荷物は荷解きをしないよう言った方がいい。しおりはふやけ、鞄と共に濡れて、形を失うページも多くある、これからの書き込みに不安がある。

外出により細かな砂がつく足を彼はシャワーで洗う。「班で壁新聞作ろうとか言い出すんじゃん、ポスカとかないよー。ただただ自由時間にしてくれ」と向井はベッドに身を投げ出す。故障や紛失など恐れて、ｉＰａｄは持ってこない指示だった。良かった、持っていたら数学の問題でも送られてきて、自習となっただろうと彼は思った。教師たちは、生徒に頭か体を使わせる、負荷を与える使命に燃えているのだから。

向井は一度ロックまでしたスーツケースをまた開け、「どうでもいい日はどっちのＴシャツにすべき？」と自身の胴に当てて見せるので、似合う方を彼は伝えてやる。

明日に期待をかけ向井はそちらを取っておく。「Tシャツ余分に持ってきてないんだよ。延泊なったらどうしよう」「お前下着は余分にあるもんな、それってかなり心の余裕に繋がってるよ。もう皆この白衣で集まろうよ」と向井は、もう着ないと思って床に投げていた部屋着を、持ってきて払いながら言う。

　宴会場にクラス単位の並び方で座り、しおりはそれぞれ自分の右に置くように、そのような動きまで指示される。「沈黙、遠藤周作、読んできましたか」と国語教師は文庫本を開き、手を挙げさせる。読んできそうな生徒が、やはり読んできている。専門的な語の説明は、調べてくることが課題だったため省かれる。「キリシタンが追われて逃げてきた、痩せた土地だったんですね、植物の植えどころを探したんですね」

　国語教師は自分の選んだ箇所を読む、喜びが恐怖へ飛び移ろうとしていく場面も過ぎ、信徒たちが海岸で、杭に磔にされる。生徒たちの心を掴むため、抑揚をつけ声色を変え、尽くせる限りの表現を試みている。口に出すと辛さに喉が詰まり、声が上ずる部分があるので、国語教師はそこをしっかりと練習してきた、こちらの感情の揺れをのせた朗読など、聞いている方は興醒めだろうから。

生徒たちの頭に浮かぶ、黒、黄色から茶色のグラデーション、海の青、小説の中にも雨が降る。信徒たちへ向けた、役人の薄笑いさえ見えるような朗読だ。きちんと読んできた生徒はこの前やそれ以降も合わせて思い出し、黙読した時と同様悲しくなる。生物の、人体の仕組みの授業中に、貧血で倒れたことのある生徒が席を立つ。

朗読を終えると国語教師は続けて、「実は詩作もしておりまして」と言い、どさくさに紛れて自作のも朗読し始める。本当は暗唱できるが、何か手に持つ方が格好がつくのでそうする、強い口調で熱を帯びる。他の教師たちは夢うつつの表情だ。未見のものを読むだけ読まれ、聞くだけなので語はばらけて意味は飛び、改行も、どこにどれが繋がったのかも分からず、文というのはただただ語を並べただけのものだと生徒たちは実感する、そういう発見の場だったと言える。

もう誰が何をやり出しても、場違いというのはない気がする、場が揺れているのだからと数学教師は思う、自分にもエピソードや創作があると、教師が次々手を挙げ始めればどうしよう、自分には何もないが、行くはずでプランを立てた、沖縄本島もしくは離島への、修学旅行の旅程なら話せるか。「良かったです先生、声いいから、朗読」と、国語教師が横に来たので体育教師が声を掛け、まだ何か待っている様子だったので、「詩も、とっても」と付け足す。

美術教師はこの閉じ込められがなくとも、上五島の説明の役を割り当てられていたので、準備万端整っている。年代物のスライドの装置を出してくる。強い光で、昔自分が撮った写真をセットしては抜き、それらはぼんやりと、皆の正面の白い壁に映る。「教会の中はどこも、撮影禁止でしたから」と、そこはポストカードで代用する。写る教会内部はどれもとても左右対称、ポストカードはスライドにできず、カラーコピーで大きくしてある、それを掲げる。「上五島は山間の村、山の、できるだけ窪みに建てられた家、高くに登れば四方が海で。新婚旅行で、島が細く伸びているので、一日で隈なくとはいきませんが。

タクシーで連れ回してもらって、運転手のおじさんは物知りのお父さんという表情で、妻と三人で見て回りました。もちろん島のことは何でも知ってる様子で、おじさんの説明は止まらなくて、もう三人で親子みたいに思えてきて、私が二人の子のようで。どの教会にもイエスの物語が描かれ、彫られ、壁や庭に飾られ。頭ヶ島天主堂は青い屋根が空に混じって、キリシタン墓地は、海を脇に抱えて。一番長く眺めていたのはね、鯛ノ浦教会のルルド。外の崖、岩や草に囲まれた窪みにマリア像がありますね、少女の前に助けに現れたマリアの、その景色の再現、それがルルドですね。

水のある草深い岩場で、しかしマリアは緑に隠れず、少女は下に跪き。妻は、咲いている花ばかり褒めていましたね。オラショはね、調べたと思いますけど、異国の祈りを、聞いたままのをカタカナで記したものですよね。でもそういうのって、発音はどんなだったんでしょう。十字架を持つわけにもいかないから、信徒たちは隠れているから、マリアは菩薩を模し、器を裏返せば、底の出っ張りは十字架の形になるよう作り、刀の手の保護の部分にも十字が潜む、そういうのに、祈りを捧げていたんですね。

冷水教会、鯛ノ浦教会なんかの、柱から吹き出すようなアーチが天井を覆う、こうもり天井です。天井が高いほどやはりね、気持ちがいい、空にも近い。結構ね、家庭用みたいなライトが吊ってあったりするんですね。おじさんはもう私と妻を名前で呼んでね、私たちは、おじさんって呼んで。妻は相槌上手で」と語り、スライドはたくさんあるのでどんどん入れ替える。

その後も、美術教師が見たものの聞いたものの説明は続き、聴者を笑わせるため、夫婦の秘話などが盛り込まれた、照れたように話すとまたウケた。整理するため家で写真を見ながら、回った順番も鮮明に思い出した甲斐あった。美術教師は最近離婚したと、学年主任は本人から伝えられていたため、何となく見ていられず目を閉じた。余った時間はやはりムカデ競走の練習をクラスで行い、その間に学年主任と数学教師は、二人で港のターミナルへ、昼の便の運航状況を確かめに行く。

夕方の便ももう欠航が決まれば、ホテルの調整などもやりやすいのだがと、数学教師は期待する、海など見もしない。数学教師は淡路島で生まれ育ったので、潮の香などは少し懐かしいだけでしかない。こういうにおいの中、部活でも何でもやっていた、夕方になると、雨の前だと、もっと濃く重く香ってくるのだ。学年とは何と大きな団体だ、団体はまとまりがあっても、何と移動のしにくい。船は昼の便にも夕方のにも、欠航の文字が浮かぶ。

船が動けば上五島で食べたであろう弁当を、クラス単位で部屋を分け、円になって食べる。隣のクラスの部屋が盛り上がっていると、こちらの静寂が際立つ。一度生徒たちはそれぞれの部屋に戻る、人を喜ばせる余裕など互いになく、気持ちも茫洋としてくる。狭い部屋ではこの配置しかないのだろうが、使いにくい洗面台にも皆苛立つ。

　清掃の人が、もう中に入ってきた部屋もある。やはりバスは埋まっていて無理、明日なら空いてるって、夜の学年レクで有志のにプラスして、各クラスで出し物をすれば、話し合い、すり合わせ、練習で時間潰れますね、近くの体験教室が、ホテルまで出張体験してくれるそうで、勾玉が作れるそうです、と話し合いが行われる、教師たちは地図でなら、福江を隅から隅まで知る。輪になればアイデアはいくらでも出てくる、経験がものを言う、特技があれば出し惜しみしてはならぬという雰囲気だ。体育教師によるストレッチ講座や、美術教師主催の写生大会なども提案される、美術部は苦もなく描くだろう。

　学年主任は巨岩のような、ただこれだけで生徒を圧してきたような体を揺らし、これは嘆き悲しむほどのことではない、どれも学習の機会だと、今夜の学年レクリエーションでどう伝えようか思案する。自分が生徒ならこの三日をどう記憶するだろうかとも考えるが、この風雨の中、未知の街に生徒たちを解き放つわけにもいくまい。宴会場で勾玉作りの予定となる、ホテルの人も気の毒がり、削って出る粉で床が汚れるくらいは可としてくれる。

向井はもう、行って見てきたも同然という顔で、「上五島っていいな」と言っている。「痒いわ、シャワー浴びようかな、シャワー浴びるくらいしか娯楽ないからな」と向井が言い、狭く苔むすシャワーが娯楽だろうかと彼は考える。一緒にいる意味も分からないような、もうずっと前からそのような、と彼は思い、向井がもうパンツも脱いだので目を逸らす。

共にしおりを、過ぎていく今日のページを眺めている。「上五島行ったとしてもさ、教会はあんまりルートに入ってないな。話聞いたら教会こそ行きたいけど」と彼が言うと、「入れない子がいるんじゃないかな、神社行っちゃダメな子とか、中学の遠足で班にいたけど」と向井が答える。カラスがベランダの柵を止まり木にしている、とても近くにいるので、まばらになった羽根の、枝のような根もとまで見える。目と羽根が雨で青く光る、広げれば大きな翼を隠し持つ。雨樋から水が吹き出しどこかに撒く、小窓に耳を近づければ、雨がその他の音を消す。

早めの行動をと言われても、移動距離も短いので誰も遅れたりしない。時間も有り余ってくるため、女子たちはヘアアレンジに工夫を凝らす。人とやり合える、褒め合えるとてもいい余暇だ。午前と午後で髪型を変え、猫や熊の耳風、牛の角風にまとめ上げるような編み方が今は流行る。

宴会場にまた集合し、新聞作り、勾玉作りの説明がある。「出たー新聞だー」と向井は小声で言う。「Ｂ４の紙しかないけど、貼り合わせて。部屋で完成させて一時間後にクラスで発表会ね。事前学習したと思うからそれを書いてもいいよね」と理科教師が説明し、生徒たちは誰の発案だよこれ、と呪いながら廊下を進み自分たちの部屋へと帰る。

「頼むよ船よ」と生徒たちは、まだ公共の場なので手加減しながら叫ぶ、部屋でならもっと叫ぶ。「先生ってすぐ、Ｂ４の紙とかＢ５のプリントとか言わない？それ分かんないから」と誰か言い、皆で笑う。「室内でできる全てのつまらないことをさせられる可能性があるな」「まあ、ご存知なのでしょう。暇とＷｉ－Ｆｉさえあれば、スマホで動画とゲーム画面を見続けてしまうという僕らのサガを」「もう俺は、ペアで詩の創作をする未来まで見えてる」「ダンスもあり得る」「そしたら俺はボイパしながら踊る」「俺たちはオリジナルラップを作ってそれでやる」工夫が工夫を呼ぶ。

　宴会場から部屋に帰る前に、「ロビー行こうぜ」と向井が彼に言う、ロビーには売店と自動販売機がある。歩きながら向井はしおりの行間を読み、制作者の意図を、解釈による抜け道を探し出そうと努める。彼はロビーの、素晴らしく高さのある生け花を眺める。「ほら、自販機はダメって書いてあるけど、売店はいいんじゃない。書いてないんだから」と向井が言い、そうだそうだ、と明るく答えられない自分を、彼はもどかしくも思う。

　売店を覗く、彼は遠慮がちに、片脚だけ入れるようなやり方で眺める。「自販機がダメなら売店も同じ、それに準ずる。お茶のタンクが廊下にあるでしょう」と、宴会場から戻ってき、見咎めた理科教師に背を押される。白分のクラスから綻びが出始めることを、恐れる様子が見て取れる。「でも売ってるのサンゴとか、椿油とかだ」と向井が言う。土産物の、二列三列同じのが並んだ箱菓子が今部屋にあっても、どうしようもないしと彼は思うので、そう慰める。

部屋に帰ってくれば向井は素早く、新しく置いてある白い部屋着に着替える。彼は向井のその姿ばかりを、剝き出しの脚ばかりを見慣れる、布団に馴染み、目の邪魔にならない色だ。清掃でまたマットレスにきつく巻き込まれた、掛け布団のシーツを引き出す。備え付けのドライヤーは、扉近くのテレビ横に固定されてあり、相手が髪を乾かす間はテレビの音は聞こえない位置だ。

「俺はウンコするから、お前は気を楽にしといてくれ」と言い置いて、向井はバス・トイレから出てこない。この数日間だけならもう便秘でもいいと、彼は思い切っている。においを振り切る動作で出てきた向井は、「新婚旅行の旅程を軸にして書いていこう。しおりの地図に、夫婦が行った順番書き込んだから」と言い、ルルドなどをスマホで調べ始める。多くの部屋で、美術教師が辿ったルートが参考にされる。

彼は絵が上手いので、写真を見て挿絵ばかり描く、「華やか華やか」と向井は褒める。美術教師の若い頃の顔まで、想像で描いてみる。手を雑に使ったため傷ができ、彼は少し自分の動きを後悔する。部屋の中で、目を広く使う必要もなく、二人はあまり口も利かずにやる。窓から見つめていれば、雨の調子、風の勢いは刻々と変化する、自分の力の及ばない。向井は口に髪でも入ったか、ずっと指で引っ張り出す動作をしている。

　調べ物をしているので動画などスマホで流せず、ここで変化に富むのはテレビ画面だけだ。「観光グルメ番組観てらんない。熱で寝てる時もさ、自分はそんな場合じゃないから、食べ物系は観てらんなくない？」と彼が言うと、「俺熱出ないからなー」と向井は答える。チャンネルを変えていき、テレビは何か美術史の番組を映す。「これはスマホで遊ばせないための調べ学習だな」と、向井は美術史を眺める。

　二人はしばらく釉薬で照る水瓶、細かに彫刻された皿を眺める。向井は流れるような字を書く。「またおとんの話だけどさ、友だち思いなんだよね、もう利用されてるんじゃんってくらい。友だちが多いことこそ最高で、とりあえずは多さが大事で。小学生の時は辛かったな、友だちが少ないと、いい息子じゃないって感じ、他の価値は何ひとつ友情には敵わないって感じ。

　休みの日に家にいると怒られて、誰か遊べる友だちを探して放浪しなきゃなんだよ。友だちなんて、一番儚いものだと思うけど、儚いから貴重っていうのは分かるけど」

と向井は言い、「お父さんにはきっとそれしかないんだよ」と彼が慰めると、「悪口言ってやるなよ」と笑う。では向井は今いい息子だろう、友だちが多くて、親の願いはこんなにも伝わってしまうわけだと彼は思う。

他の部屋とのＬＩＮＥのグループ通話が始まったので、彼のスマホは検索用、向井のスマホはビデオ通話用とし、同じような部屋の、同じような姿勢で新聞を作る者同士で話す。何か読んで聞かせたい熱が高まるのか、相手の部屋は二人で漫画を朗読し出す。「バトルシーン擬音ばっかで伝わってこない。もうちゃんとした言葉しかいらない」と向井が言い、そんなに馴染みのない面々だが、面白いので彼は笑うだけ笑う、あちらはまだ、攻防の音も忠実に全て伝える。

「男女の階、分かれて離れてて良かったよねー」と、国語教師は美術教師と廊下の立ち番を代わる。立ち番といっても椅子があり、見張ってきた歴代の教師がより良い場所にしようと努めたので、フロントから借りられるものは全てある。国語教師は厚い本を手に持つ、これでいくらでも待てる、腰の痛みや目の疲れなどなければ、ずっと、絶え間なく何か読むだろう。時々生徒がドアから廊下を覗く、こちらの顔を見ると部屋の中に逃げ帰る。

体験教室のスタッフが宴会場で、試しに勾玉を作って見せる、あまりに石を削った粉が出たため夕食会場での実施となる。広さの関係で、クラスごとに新聞と勾玉、入れ替えでやる。柔らかい石を削って磨き、どこまでも滑らかにする、美術教師はやはり上手く作る。付き合っている者同士で、作ったのを交換するのが流行る。学年レクリエーションの出し物は、合唱、劇、集団行動など、その身だけでできることを考えつき、どのクラスも練習する。

夕食のバイキングの列に加わり、昨日と同じようなメニューだが、大勢でいると心楽しく、白い脂が丸く浮くような角煮なども、生徒たちは自分の皿に山盛りにする。自身が空腹なのか皆分からず、でも一応一通り皿に取る。席につきマスクを外せば皆黙る、不自由が板についている。「コンビニに行くくらいの自由はあるべきです」と、挙手し教師たちに向け発言する委員長がいる、クラスで作った嘆願書も出す。そのクラスの生徒たちは挑むような顔、他のクラスは声と拍手で盛り上げる役となる。

自販機を使わせるのは、行き渡らないよね、補充が、と本部で話し合われ、数学教師が「近くのコンビニ二軒、時間差で行かせましょうか。担任がついて」と提案する、自分のクラスから問題提起がなされたことを頼もしく思う。草で滑るか、道路が滑るかと議論があったがコンビニ案が通り、連絡を受けた生徒たちは歓喜に沸く。委員長が集められ、ジャンケンで行く順を決め、後のクラスや他の客のことを考え、買い物カゴは使わない量、との注意を受ける。

あまり現場での経験のない校長なので周りからの期待は薄いが、こういう、コンビニでの立ち番などは苦もなくするのだから、そこは評価したいと数学教師は思う。「立ち番というのは、座っててもいいのかな」と校長は尋ね、座るってコンビニのどこに座るんだ、床か、と数学教師は思ったが、「見てていただければ、そこはもうどうでも」と答えた。校長は飲み物を買い、生徒から見えるよう、イートインスペースに座ってスタンバイした。

先頭でなくとも強い風を受ける、風で列も乱れる。コンビニに入り、皆が油とコーヒーの混じるにおいを吸い込む。挙手した委員長とすれ違えば、皆拍手を送る。クラスメイトの目があるため、無茶な買い方はしない、指も器用に使い両手に収める。カップラーメンは買っていいかと質問が出、校長は本部に電話で確認する。食べ残しや汁に問題があるので禁止となる、あれはトイレに流すのも良くない。

　弁当は、サラダはと質問が本部に相次ぎ、「もう夕飯食っただろ」と数学教師たちはいちいちに苦笑いしながら、レンジは不可、購入品のゴミは部屋のゴミ箱に入る範囲、雑誌や漫画は不平等も出るため禁止という結論を出す。この指示で漏れがないといいが。コンビニはドアが開くたび、洞窟に吹き込む風の音がする。「最後のクラスの時さ、台風の前のコンビニみたいになってるだろうな」「パウチのポテトサラダとか買い出すんじゃない」「サラダとつまみだけ豊富で」「ここでパンツを買っとく手もある」女子たちは追加のヘアゴムを買う、これでより複雑なくくり方ができる。

　生徒たちは手足を持て余す動きで、できるだけ外を楽しもうと歩く、強風を握る、雨を手で受ける、目は様々を捉える。草は地を埋める、雨脚は強まり、水はただ流れ去る。雨の中でも公園の噴水は水を形にし、先端は泡で噴き出す、人の背にも届く。商品がなくならないよう手加減して買った、この思いやりが次のクラスに伝わればいいがと思う。

学年レクリエーションを楽しみに、皆宴会場に集まる。クラスの出し物は仲の良さ、ここは一体となり得るクラスであると、披露するためのものとなる。演者が恥ずかしそうにすると場が盛り下がる、と国語教師は自分のクラスの劇に苦い顔をする。その後は有志の、歌上手ダンス上手漫才上手たちのプログラムで、部屋での自主練の時間もプラスされ、どれも熟練した技となっている。時間が押したのでムカデ競走はまた帰って学校で行う、船が出なければ明日やるだろう。

「ホテルの部屋着、丈短くないっすか。何でズボンもないんですか」と向井は横の体育教師に話しかける。「ビジネスホテルに備え付けの服は短くて薄い。それは本当にどこも」と体育教師は自信を持って答える。様々な場所に泊まったことがあるのだろう、国体選手だったと聞くしと彼は思った。

参加は自由の宴会場での、体育教師によるストレッチと筋トレが始まる。高校生は体を、どれだけ動かしても動かし足りないものだと体育教師は考えており、実際多くの生徒が参加する。宴会場の絨毯敷きの床で、皆両腕とつま先で自身の体重を支える、薪のように散らばる。「最後のクラスだったんだけどマジでコンビニ、和菓子しか残ってなかったんだけど」と向井の友だちが言う。「何買ったん何買ったん」「栗饅頭。クソ美味い、上の皮ツルッツル」

班長会議で明日の説明があり、延泊の心づもりをさせられ、生徒たちは気落ちする。ベッドの上で押し合って遊んでいて、怪我をした部屋があるのでそういうことは気をつけるようにと連絡があり、伝えると向井は「言われるとやるしかない」とベッドに立ち、絶対に怪我をしないようにして一回押し合う。おそらく何部屋もがしてみただろう。彼は向井の後の、毛の貼り付く湯船を洗い流してから足を入れ、シャワーだけ浴びる。

向井がビニール袋を膨らましそれをボールとし、二人でベッドを挟んで打ち合う。ポジティブな声掛けをし合う、それは部屋での二人の生活に似る。互いに気を遣い続けてというわけでなく、まさにこの、ボールが地についてしまわぬよう、割れないままいるように願うのと同じように、とてもさり気ないものだ。ベッドに入ってからも美術教師はもっと何か伝えたく、自由な時間は五島列島の新婚旅行を思い出すことに徹する、自身も不思議なほど、充実した時間となる。

昨日と、同じと言っていいような朝だ。一本目の便は数学教師だけで確認しに行き、欠航の字を眺める。雨というよりは風、でもたぶん次のは大丈夫、と窓口に励まされ、何をも薄情だと嘆いてはならない、と考えながら数学教師は本部に連絡を入れる。学年主任から班長へ室長へ、そのため息ごと手渡していくように伝わる。

生徒たちは念のため着替えていた姿で、もう一応詰め終えたので開けたくないスーツケースをベッドの横に携え、二度寝に入る。ホテルへの帰途、数学教師はコンビニに寄り、棚はまだあまり補充されておらず、申し訳なく思いながらイートインスペースに座りコーヒーを飲む。窓の方を向き、風など目に見えないがと思う。

帰りの便が、間に合わなければどうしよう、実家に四日は親にも酷だろうと体育教師は、置いてきた子どもたちのことを思う。美術教師と国語教師には、請われればまだ話すべき、思い出話や詩のストックがある。九時前となり、昨日ここに来たメンバーでまた、ターミナルの広い部分に寄り集まる、コーラスの声にも聞こえる空調の音に耳を傾ける。委員長たちは期待しないよう気をつける。「大学入試の結果待ちだってこういう感じだからな、緊張して。先取りできたな」と学年主任は言い、生徒たちに内心嫌がられる。

長崎港行きの、昼過ぎの船は運航が決まる。「飛行機の時間も変更なし。バスが都合つくから一日目のルートで、今からは福江島を観光、まず堂崎天主堂。大きな荷物はもうバスに積むから、玄関ホールに運んで来ること、各班長に伝えること」と数学教師が力強く、しおりに書き切れないようなスピードで言う。

　連絡を受け生徒たちは部屋で身だしなみを整える、スーツケースもまた開け、持ってきた中で最も気に入っている服を身につける。延泊の心配もなさそうなので、節約する気持ちで使っていた下着や靴下も、もう気にせず新しいのを穿く。「やってやろうか、髪。写真撮るもんな」と向井が言い、手早く彼のをリックスでまとめあげる。部屋を見て回り名残惜しさなどはなく、忘れ物の確認だけを行う。向井をして、「先生たちも頑張ってるよ」と言わしめる。

　身動きのしにくくなる大きな荷物を抱える。一人につき必ず一つまでと言われているので、荷物は人と同じ数となる。今まで通り低層階の部屋の生徒は階段で降り、スーツケースにした者は、スポーツバッグの方が担ぎやすかったかと悔やむ。スポーツバッグの生徒は布が濡れるので、汚いところに置くのはできるだけ避ける。

　バスではカラオケができたので、どのクラスもした、もう雲には切れ間もある。天主堂に着き、駐車場から少し歩き、磔の銅像がある。あちらは海で、国語教師の朗読が思い出される。崖にマリア像が見える、あれがルルドというものだ。レンガ造りの、そのレンガはイタリアから持ってきたのだと説明がある、天主堂を高くから建物の裾まで写真に収めたいと、皆似通った位置から写真を撮る。女子は仰け反り、男子は寝そべり角度を決める。

　中は資料館になっている、洋風の造りでも、敷居は習慣としてきちんと跨ぐ。彼らなりの敬意を払う、場には期待が満ちる、見るべきものが目の前に広がる。何を見ても皆、本当だ、本当だと確かめ合う。こうもり天井だ、聖水入れだ、祝日など数えて知るための暦だ、誰かが握ったオラショの紙だ、どこかに十字の隠れた皿だ、白い陶器で風になびく、マリア観音の衣服の裾だ、その腕の中で笑顔の子だ。

　バラ、ぶどう、麦、その他自然物が彫られた祭壇を前に、美術教師の説明は白熱する、話す技術はどんどん向上している、説得できた後も自分のために、なお語るような。決して授業が面白く、何かいいことを言って、この人に目配せとコメントをもらいたいと、生徒たちが望むような教師ではないが、ここではこうなっている。ポストカードで見せられた様々な教会の祭壇と、目の前にあるのが重なって見えるようだ。

　美術教師は、我が身には降り掛かったことのない不幸だがと、申し訳なく思いながら話す。聞き逃してはならないと、生徒たちが前に集まる。言って洗練してきた、その洗練の過程を皆で見守ってきた語りだ。神父の着る衣服も飾られ、強張る布はこの中でも、最も長くは残らないものの一つだろう、絹は腐り麻は裂ける、革は色をなくす。国語教師は目が悪いので、他の客に嫌がられるほど近寄って見る、窓から吹き込む風を、自分に送られたものと感じる。

　アワビ貝殻というのが展示されてある、これは何だ、浮き出る十字なども見当たらないが、ただの内側輝く貝だがと、生徒たちは誰かからの説明を欲する。美術教師は改めて展示物を眺める、何年経っていたとしても、忘れていたとしても、もう既知のものである。女子たちは揃いの、十字架のブレスレットを買う。ビーズの色が何色かあるので、グループ内で被らないよう相談している、不本意な色になる者もいる。

ひび割れ、横線の入る宗教画から、何か読み取ってみようとする。あれなら自分も描ける、あれは描けぬと、美術教師は絵を見れば判別しようとする、美術館ならその作業で忙しい。行ったどの教会でも、連なるベンチの最前に妻は腰掛け、長い間前を見、自分はいつもそれよりも後方に座り、妻の流れる後ろ髪ごと崇高なものとして眺めた、あの光景はもう描けまい。紙などはよく、傷みこぼれ落ちることなくあってくれたものだと生徒たちは思う、ここに飾られているものは皆、誰かが触ったものだと。「鯛ノ浦のルルドが大きいんですが」と、美術教師が残念そうに言う、知ってる、と生徒たちは思う。行ったことがあるから知ってる、と思いそうになる生徒もいる、そうだ、鯛ノ浦のはもっと大きい、緑多く花溢れ水も湧き出る、正面から見れば、景色が物語する。どうせならより大きいものが見たいと、不思議と皆思う。美術教師の中でも見てきた全てのルルドが混ざる、全身白い像の、下の服だけ水色の、妻が花を喜んだ、小さな祠に入った、マリアの近くまで手すりのついた、全てのルルドが。

　向井は外壁を撫で、これは触ってもいいものなのかと周りを見る、芝生と、雨の後で濁る海が広がる。石が危険なので海辺には下りないように言うか、教師たちは決めかねる。走らせてやりたいが、こんなフナムシがいる、そこまで下りていける海などに、初めて来るだろう子もいるのだから。海を知らないわけでもないだろうが、馴染みのあるということもない。向こうから渡ってくる風を、口に入れれば潮の香の濃く。生徒たちは急な坂の部分を、出る速度をいなしながら駆け下り遊んでいる、スピードが景色を面白くする。うちの子たちとはまた違う速さだと、体育教師は、今夜会えるだろう自分の子たちを思い出す、あんな速度にのればすぐバランスを崩すだろう、でも運動が得意だといい、自分も運動が得意で、それだけで生活は立ち行くから。彼の髪はワックスで頑丈に固められているので、風に吹かれない。

　バスケのユニフォームを広げ、海に掲げている他クラスの女子がおり、理科教師はなぜなのか聞いてみる。「入院で来れなかった子のなんですよ。ちゃんと連れてきてあげたくて、部屋にもずっと吊ってたんです、私バスケ部主将なんで」と女子は答える。自分ならこんなパフォーマンスめいたことは決してしないが、と理科教師は考える、海は布がこの旅で見た、数少ない景色の一つとなろう。

　彼と向井はそれぞれ部活の仲間と遊び、でもすれ違えば指を差し合う。向井のキャップのつばに貼られた、銀色の丸いシールが反射し、彼の目に眩しい。時々細かな雨が降るが、女子は手で屋根を作り、顔と前髪だけカバーできれば問題はない。彼らは天気に、もう過分に望まない。船の席順はしおりに記載されていたため、着席はごくスムーズに行く。まとまりある団体として、船員の目には映る。

港から長崎空港まで辿り着き、自由時間は予定通り多めに取れそうで、数学教師は安堵する。一般の客もたくさんいて、教師たちは、連れとしては恥ずかしいような服装だと女子たちは批評する。紙の龍が天井を伝っているので、皆それと写真を撮る。知識はないが、これはきっと長崎らしさなのだろう、どれもここの特色あるものに見える。空港は明るく、外の何も聞こえず、活力の湧く眺めだ、しかしまだ天気に左右され得る場所だ。皆この旅についての記憶と忘却が、もう完成してしまっているようだ。家族連れが、何かを目指して走っている。

もう在庫を思いやりなどしなくてもいい、自分の財布の多寡以外には何の制限もない消費活動だ。どれも人を楽しませるためにある。そういうのがしたくて堪らず、彼もクレーンゲームに次々硬貨を入れる、ゲーム機はのどかな音楽を響かせる。皿うどんかちゃんぽんは食べなければと、すぐ食事処に入るグループもある。教師と生徒がすれ違い、買おうとしているものを互いに見せびらかす、各個人の選択を取り戻す。

　皆同じようにカステラの長い一本、限定の袋麺、靴下などのお土産を手に持つ。高校生なのでもう指も長く、カゴなどなくとも色々なものを挟み込める。彼はベンチに座り、お土産はその太ももの上にのせる。彼の脚は膝から上が長いため、たくさん置くことができる。体育教師は母を待つ子に、飛行機と飛行場の車のおもちゃのセットを、あの子たちは違えば争うので、同じものを二つ買う。

　飛行機内部には、人々を何とか落ち着かせようとする音楽が流れる。美術教師はこの旅でまた買った、教会内部の写るポストカードを眺める、昔買ったものと比較する、家に帰れば語る先を失う。ＣＡさんの仲間への、顔の横でするグッドのサインは可愛いが、翼の上の傷は、この剝がれの部分は大丈夫だろうか、唸る風でどうにかならないかと、それが見える席の生徒は敏感に考える。あの、今まで出ていた速度をいなす、無事だが激しい着陸を待つ、上手くいけばいいがと皆思う。

池の中の

石の箱に収められた地蔵の前に、大輪のバラが活けられる。屋外で湿りと乾燥をくり返し変形した段ボールの束、錆びた鉄板、錆びたのをアルミホイルで覆った鉄板、柔らかい布が張ってありそれがもうほとんど破れている網、繋げて大きくした台車の横を通り抜け、彼らはプレハブのような二階建てへと進む。建物の外側につけられた鉄の階段が鳴る、下の水たまりは銅の色になっている。焦げたような、佃煮や蒲焼きみたいなにおいがする。一階が事務所です、と説明を受け、内側からきっちりと貼られた、事務所の窓のブルーシートを眺める。金網にはところどころに木の枝が絡まっており、入り組んで生えそのまま伸びて放っておき、どうにもならなくなったのを、取れる部分は力ずくで切り離した、というのが見て取れる。汚れるからか支給された作業着は、洗いたてなので袖の布が固い。

派遣のバイトだが、互いに知り合いの人もいるのだろう、何人かで親しげに話している。彼らが今日一日作業する部屋に入る。黒く太い帯が部屋を横断しており、影かと思って踏むと平たいホースなので彼は驚く。四つ足の机を繋げて正方形にしたものが中央に置かれ、四辺を二つずつ椅子が囲む。できれば隣に人が座らないでほしいと願う、彼は静まった教室なら、身じろぎ一つにでも気を遣う。この人が主任です、とさっき紹介されたおばさんが、下の部屋から箱を持ってくる。土足なのに絨毯敷きだ、古くどこも踏み固められている。「今日は五人やから、机広々やわね」と主任が言う、「初めての人に説明しよか」と彼の横の椅子に座る。

「単三電池の筒やねんけど、これまだ空洞でしょ。自分の目の前にまあ、十本くらい一列で、肩を並べる感じに並べて。でこう、両手の小指側の側面、で筒十本の曲線をいっぺんに撫でていく、そうやって何回かゴロゴロさすと、十本の表面がくまなく見れるからおすすめ。そら一個ずつ手に持って、手首グルグル回して見てもらってもいいけど、これの方が楽。それで、表面に小さい点くらいの傷でも、傷があればそれはこっちの箱に避けて、傷のないやつだけ大きい箱に入れていって。へこみとか掠れでもね、それもあかんから。内側はええから、外側だけ」室内は声が響く、低くこもった声と尖る息が同時に出てくるような主任の声は、鼓膜がいやに振動するようで、彼には少し聞き取りにくかった。

それぞれが自分で紙に名前を書き、プラスチックの名札ケースに入れてつけている。主任のは主任、と書かれてあり、あとは野中さんと中野さんが、野中と中野やねんよねえと言い合っている。一番若い人の名前は、続け字で書かれてあり画数も多く彼にはよく見えなかった。「この子は十代やで、でも何回もここ来てるしベテラン」と肩を叩かれ、自分で名乗りもしていたが、小さくて聞こえなかった。外からは打ちつける音、笛のように続けて空気の出る音、水の注ぐ音がする。「いつも何を入れるんか、この作業の後に調べようと思うのにそのままで。この電池の、筒の中って」「ね、こんな薄い壁の空洞でね、重いのにね、電池って」「でも大きい電池ってさ、子ども小さい時にしか使わんことないです?懐中電灯かおもちゃにしか入れへん。その時買い溜めてたんがまだ残ってますもん」「お子さん大きいん？」「中学生の女の子で、もう生意気。きれいな格好せな一緒に出かけてもらわれへんから、近所でも。近所こそか」「でも、自分も母親に同じようなこと言うてたと思わん」「若い時は努力でさ、まだ変わる部分があるっていうか、信じてんねんよね」「そこはもう努力抜きでやっていこうと、我々は思ってるわけやねんけどね」ここでおばさんたちはどっと笑い彼もやっと、そんな、と一言発せた。

「髪の、うねりがひどい部分はもう根もとから切っちゃって、前髪は内側が酷かったから、そこはもう刈り上げみたいになっとったわ、中学生ぐらいの時なんて。おでこ見せられへんかったわ」「みんな前髪下ろしてる子は、おでこ見せるの異常に嫌がっとったよね。自転車とか、風が吹いたら押さえて」「うちはお姉ちゃんの使い終わったつけまつ毛が、お風呂の縁にいつも貼ってあって」「毛はさ、脚のムダ毛とか一本ずつ毛抜きで抜いて」「武士も頭頂部はそうやって、全部抜いとったんでしょ？」「古代のエジプトではアイシャドウは目を、虫から守るもんやったんやろ？」

　彼らは十本、冷たい筒を手に取り、一列に並べて転がす。少し自分の熱が移っただけのを、点検済みの箱に彼は入れていく。「やっぱり私は鼻の角栓に、愛着って言ったら変やけど、こだわりあんねん。詳しいというか工夫があるよね。皺とかは自分の中でニューカマーやんか、鼻はずっと、小学生ん時から嫌やったもんなあ」「炭の石鹸、オリーブオイルの石鹸、何か薬草の臭い石鹸」「私、鼻高くしたくて綿棒曲げて、鼻の中入れて、癖付けようとしてたわ」「妹の顔のマッサージをしてあげとって、親指の腹で鼻の横とか、ここ、めっちゃ押すと痛いんですよ。脂で滑って、妹の目潰しそうになって」

ぜひ言いたいという調子で、十代の人が身を乗り出す。「やっぱり首が長いときれいに見えるから、肩ボトじゃないですか。ボトックス注射、効果あんまりって人もいますけど。すぐに吸収されちゃいますけど。他の美容注射も。シワならハイフとか。家でできる美容ギア、美容機器。二十万とかしますけど」「本格的やん」と主任が言い、どれがいくら?痛い?とみんなが十代の人に聞く。「メイクも好きで。今日は工場やから肌休ませる日なんですっぴんなんですけど。どうでもいい日はほんまにどうでもいい顔で」と指差し、言い訳している。化粧にはこれ以上足せない、という臨界点はあるものだろうかと彼は考える。十代の人は実感を交じえ、熱意の込もる説明をする。「ごめんなあ、美容の話ばっかりしてるわ」彼は黙っていられればそれで良かったので、「いいえ、聞いてるだけでおもろいんで。そういうの勉強になるし」と外からのモーター音に負けぬよう声を張った。みんな一瞬肩を伸ばすだけのストレッチをくり返す、尻を時々動かし凝らないようにする。

　彼には全ては分からないが、成果だけでは伝わらないから、こうして努力を称え合っている、という彼らの営みに感じ入る。共感が、関連する知識の分け与えがある。みんな最善を尽くしてやっているというわけでもないだろうが、傷ついた筒は何十本かに一本は見つかり、まだ見つけていない彼は少し焦りの気持ちが芽生える。目の角度を工夫したりする、彼はみんなに速さでも劣る。線があるのでこれかと思ったが、指で拭うと消えてしまうような汚れだった。「汚れとかは、消えるならいいんですよね」「そやね、汚れはよくあるね。みんな、汚れはこの布で拭いてね」と主任は薄く毛羽立つタオルを差し出す。「レーザーとか、毛穴ならダーマペン。痛さ、うーん、痛いのは脱毛が一番痛くないですか。整形とかはまた違うけど」と十代の人の勢いある声が説明を続ける。みんな自分の発言機会を待ち受けている、机に覆いかぶさるようにして話す。

　昼休みの食事の席はぼんやりと男女で分かれていた、さっきのみんなと離れたので良かった、長く誰かといれば彼は、その場の均衡だけが気にかかる。段ボールに詰められた弁当が、普通盛りか大盛りかに分かれて置かれている。大盛りの方を手に取ると、プラスチックの容器がたわみ、これできっちりと一人分、という感じを彼に与える。さっきまではみんなで電池を、同じ大きな箱から分け合っていたので、その感はより強くなる。バナナも一本、新鮮な青いバナナがついている。彼の後ろを主任が通って、「大盛り、若いとお腹減るんやね」と珍しそうにした。ＡＴＭの横に用意してあるようなお札用の封筒に入れたのから、飴を一つくれた。工場内の人たちが一斉にここに集うので、さっきの部屋の人たちはもう紛れて見えなくなってしまった。

　彼はすぐに食べ終わり、携帯を触るがネットが遅いため、データフォルダの写真など見ておく。保存容量がもう少ないのでいらない写真を消していき、取り返しのつかなさに心細くなる。トイレの壁はベージュのタイルで、洗面台のスポンジはもう吸い込みを終え、表面に水の浮く。人溜まりを避け、扉が開いているので外に出てみる。溝に紫色の小花が満ちている。少し歩くと砂場の駐車場で、色とりどりの重機、海に近いからか寝かせられたボート、壁にもたれて立つ木、影絵のように壁に貼りつく木を眺める。風が背の高い草をなびかす、それで草が競って震える。あちらには山がある、自然だ、いや斜面はコンクリートで固めてある、自然など地上にはもうひとつもないような気もする。薄い、紐の、形なき、色んな状態の雲が混ざる。

　そのまま門の方に進む、あちらの工場の青い壁には、サメかロケットの絵、蜘蛛かタカアシガニの絵、タコかエビの絵が描かれており、内部では技師が俯いて作業している。部屋には機械類が詰まり、あれらの高い安いは彼には全く分からない。おじいさんが自転車で通り、おじいさんには珍しく、胴の横にだらんと腕を垂らして手放し乗りをしている。大人は怪我が嫌で、ああいうことはやらないものだがと彼は思う。古い切り株の周りから出る若木、その横を鳥が頭を下げつつ歩く、この前、彼の横を飛び過ぎていったカラスは、嘴に白いものを咥えていた。柔らかな白い羽毛が舞い散った、鳥が鳥を食べているのは、あれはとても自然に見えた。

トイレで少し過ごして見計らい、午後が始まるギリギリの時間で作業部屋に戻る。ハンカチがないので、手袋を脱ぐように水を払う。カタカタ、とプラスチックを打ちつける音が聞こえる。彼が見ると中野さんが「部屋の隅にあってん、おもちゃ」と言ってまた鳴らす、横では十代の人がもう一つのを持って振っている。手のひらの形の板が三枚重なるカスタネットのようなのが、振ると鳴る。本当に大人の手のひら大で柄も長い、人間は何て大きめの、必要もないものを生み出すのだろうと彼は思い、ただ頷いた。狭い広がりのこの部屋の、隅には細かなものが積んであり、そういうゴミの置き場となっており、その用途の分からないものたちを彼は眺めた。幼い頃は、自分の家の台所でも、棚や引き出しのいちいちに見応えがあった。自分が選んで買ってきたものなど何もなかったからだろうと彼は思った。顔の乾燥が、と言い野中さんが、鼻の脂を手の甲で他に馴染ませるような動きをする。慣れれば見えてくるものも多く、外壁のような汚れ方の壁の前に置かれた、黄緑、灰色、ブルーのシートがやけに目につく、その重なりに手を差し入れてみる。

主任の椅子をさりげなく、もっとあちらに寄せる。時間になったので作業と、美容についての話が再開する。「まだ一本も傷見つかってへんねや。張り合いないやろ」と主任が彼の方を向き笑う。「私さっき、昼休み調べたで」「電池の中ですか？」「何で。ボトックス、ボトックス。めっちゃ高いやん。効果は永遠でないし」「そうなんや」「だから吸収されるんですよ」「そんなにお金かけられへんわなあ」「裏技的なんがな、大事やな。お風呂とか、深いから蓋閉めて入っとったわ。スチーマー効果狙って。すごない、中学生で自分で考えついてん。スチーマーもまだ流行らん時代に」「息苦しいんちゃう、湿気で」「日本酒か焼酎に、柚子の種入れて化粧水作るん、流行らんかった？」「強過ぎるでしょう」「ほんま。自然っぽいもんは肌に塗ったあかんわ」疑い過ぎて、彼にはもう表面の光さえ傷に見えてくる。

「揺れてるよね」と野中さんに言われ、初めて揺れていることに気づいたような、神経質ではないような素振りで、彼は辺りを見回す動作をする。本当はさっきの、とても小さな揺れの音から気づいていた、彼は地震に、細心の注意をいつも払っているから。今でも寝る前には一度、体の揺れを想像してから目を閉じるから。突然に驚かされぬよう、ベッドが揺れてたわむような感触を、来るであろう縦揺れか横揺れか、感覚だけでは分からないのを、背中で想像してから眠るから。部屋で一番責任ある主任が、「机の下潜るで」と指示を出す。遠慮する動作になる彼が、隙間を縫い最後に入っていくと机の下はパンパンになる。救急車の音が聞こえる、彼は救急車に乗ったことがない。その車内にいれば、サイレンは上から聞こえるのだろうかと彼は考えてみる。外からの複雑な機械の音は止まらない。袖口が手首に当たる、動きにより作業着の布はもう手首に馴染んできている、それで頭の横を庇ってみる。

余震のため、風景に地面の動きが足される。彼らは自分の大きな息の音にも慣れてくる、まだ集団でいる。「阪神・淡路大震災で、うちの小学校では五人亡くなって」と、何か言わねば、と思ったわけでもなく彼は呟く。「通ってた小学校の校舎は歪んで、廊下は校舎の割れ目で一段分下がっちゃったんですよ、それをそのままで、まだ使ってるんですよ」と彼は初めて、ここでこんなに多くを話す、ため息のように溢れる。校舎は場所を選ばず大小のヒビが入った、いや、選ばれ割れたのはやはり弱い部分だっただろう。その後の耐震工事は長くかかった。エックスの形、ワイの形、ひし形の大きな金具が、窓の外に取りつけられた、それを順に思い出す。中野さんは、うちは大阪やったからそんなに、と呟いた。

「うちは半壊で、何やかんやお金もらえて。してもらえたことの記憶が残りますよね、ああいうのって」と野中さんが言い、儲けやなあ、と中野さんが答える。「うちは全壊やった」そう主任が言うとその場は静まる、主任はもちろんそれを察して、「今でもさあ、お風呂上がりで着替えてると、この瞬間に来たらどうするって、地震に備えなって思うよね。絶対パンツから穿くもん」そう言って彼を振り返る、すぐそばにある、頭だったのが顔になる。「それは、順番としては普通そうでしょう」「ほんまは靴下から履きたいねん、足の裏ペタペタするから」十代の人はその頃はまだ生まれていなかっただろうから、言うことも持たず黙り、ただ窮屈そうにしている。そのまま少し待ち、唸りながら主任が机の外へ出た。みんなもそれならと、この集まる空間に照れたように各方角からにじり出た。

　彼の小学校の中央廊下の時計は、揺れで止まった時間でずっと保存されたので、あの朝の六時前の、見慣れた時計の針の角度を、彼はすぐ思い出せた。電池の前に座り直す、少しの余震でも感知できるようにか、体を固くし黙っている。震災の後もみんな、教室で身構えながらの授業だった。もう一度来れば、悪目立ちしようとも建物の外に出ようと彼は考えている、それを想像し、染み出す汗を感じる。みんなも見習うような、適切な振る舞いであるとは思うが。主任はなぜか十代の人の方を向き、言い聞かせるように話し出す。「おばあちゃんの家は震源地のもうほんま近くで、行って掘り返して拾ったわ、もとの色は関係なくて、瓦礫って全部茶色なんねんな。炊き出しは大きな鍋に、バケツで卵流し入れとったわ。車は道路に詰まって、救急車は光りっぱなしで。生まれてなかったんなら、テレビの映像とかもあんま見たことない？　ああいうのもまあ、繋ぎ方でエンターテイメントし過ぎやけどな。窓のガラスは、内から外からの風圧で、って感じで吹き飛んで、まだ瓦も多かったし。家は傾いて隣のに寄りかかって、平衡感覚もあらへん。時々揺れて、地面がのたうっとったよね、高速道路はほんまに落ちてん、ほんまに。おばあちゃんは復興住宅に住んだわ、家ん中でもテント張ったわ、ブルーシートが役に立ったわ」

　根気強い、人々の足の運びが、彼にも思い出される。親は疲れも見せず、そうなると彼も弱音は吐けず、雰囲気を暗くすることはできず、何か得るため歩き回った。立て続けに迫る不足をどうにか補った。この道しかなかったと思えば堪えられるが、後で近道を見つけてしまうと、先程の努力までもが疎ましいものとなった。十代の人は未知のことを今知った、という表情で頷いている。それが今できることの全てだろうと彼も思う。そうやね、そうやね、と野中さんと中野さんが言い、気づけば上滑りしていくような途切れがちの会話となる。バランスのどんどん悪くなっていく自転車を漕ぐような、注意深い会話だ。まとまりのある、受けとめ合えるという意識は萎み、語られないものの存在を感じる。「ああいう時電池ってありがたかってね」と主任が実感を込めて言い、その後彼らはもう話さなかった。火は中断すれば、もう起こらないのと同じようだ。

　筒を転がしながら、電池の池のこの小さな外周を感じながら、手は傷のないものを送り出しながら、彼は飼っていた犬が震災の少し後に死んでしまったのを、その頃を思い浮かべる。弱り始めた時にはもうかなり弱っていた、まだ致命的ではないのだからと、犬のことは先延ばしにされた。犬は何が自分を痛めつけているのかも知らないまま、ただ痛みで疲れ切っていった、彼も顔が歪むのを抑えられなかった。苦しんでいる時は、視線の交わらぬようにした。幼い彼は余震と犬の死を思い、長い間身構えていた、身の細る日々が続いた。学校の授業が始まり、クラスの教室は避難所になったので、時計の読み方は理科室で教わった。一時間が六十分であるということがどうしても理解できず、彼はずっと百分として計算していた。最近見てしまった、競馬中の競走馬が死ぬ映像、走り出し、それが歩きになり停止したのがひっくり返る、あれを彼は思い出す。犬に訪れたのは、あんなにバタバタとした死ではなかったが。

　みんな驚くほどの熱中ぶりだ、彼も慣れて、手つきだけならとても頼もしくなってくる。筒たちは無傷であると証明されるのを待つ。避難所の体育館で、誰か先生がサックスを吹いてくれた。家にはフルートもあったが、箱は崩れていないのに中の本体が、ガタガタになったと言っていた。地面が揺れることがあるのを知っていると、宣言するように頭に浮かべてから彼は眠る。考えられる範囲のことなら、起こっても対処できると思うわけではあるまいが。みんな何を隠し持っているのか見えないが、振れば鳴るほどの思考や習慣、工夫を持っているのだろう。金属の筒は空洞を中に携える、まだ彼は、傷を持つ筒に当たってはいない、見逃しているだけなのだろうが。時計を見ればあと二時間ほどで終わりだ、それまでに誰かから会話の提供はあるだろうか、より多くの電池の筒に、傷が見つかるだろうか。この筒は、見たことないけど電気の何かを入れるための、とても役に立つための。大きな箱にいっぱいの、彼から見れば傷一つない、それぞれ何か詰まる前の、深い池の。

装画　新井碧
撮影　岡はるか
装丁　六月

初出

共に明るい　「群像」２０２３年１月号
野鳥園　「群像」２０２３年３月号
素晴らしく幸福で豊かな　「群像」２０２１年６月号
風雨　「群像」２０２３年10月号
池の中の　「群像」２０２３年９月号

井戸川射子（いどがわ・いこ）

1987年生まれ。関西学院大学社会学部卒業。2018年、第一詩集『する、されるユートピア』を私家版にて発行。'19年、同詩集にて第24回中原中也賞を受賞。'21年に小説集『ここはとても速い川』で第43回野間文芸新人賞を、'22年に『この世の喜びよ』で第168回芥川龍之介賞を受賞。他の著作に、詩集『遠景』がある。

共《とも》に明《あか》るい

2023年11月7日　第一刷発行

著者　井《い》戸《ど》川《がわ》射《い》子《こ》

発行者　髙橋明男

発行所　株式会社講談社
〒一一二−八〇〇一
東京都文京区音羽二−一二−二一
電話　出版　〇三−五三九五−三五〇四
販売　〇三−五三九五−五八一七
業務　〇三−五三九五−三六一五

印刷所　TOPPAN株式会社

製本所　株式会社若林製本工場

定価はカバーに表示してあります。
落丁本・乱丁本は購入書店名を明記のうえ、小社業務宛にお送りください。送料小社負担にてお取り替えいたします。なお、この本についてのお問い合わせは、文芸第一出版部宛にお願いいたします。

Printed in Japan　ISBN 978-4-06-533648-9
N.D.C.913　138p　20cm

KODANSHA

ここはとても速い川

講談社文庫　ISBN：978-4-06-530237-8　定価：649円（税込）

井戸川射子　好評既刊

第168回芥川龍之介賞受賞作

『この世の喜びよ』

娘たちが幼い頃、よく一緒に過ごした近所のショッピングセンター。その喪服売り場で働く「あなた」は、フードコートの常連の少女と知り合う。言葉にならない感情を呼びさましていく表題作と、ハウスメーカーの建売住宅にひとり体験宿泊する主婦を描く「マイホーム」、父子連れのキャンプに叔父と参加した少年が主人公の「キャンプ」を収録。